Tout le blanc du monde

De la même autrice :

Minuit au bord du monde, Le Cherche midi éditeur, 2022

Éternels débuts, accueil, collection du club des poètes, 2021

Alizée Gau

Tout le blanc du monde

Roman

Dalva

ISBN : 978-2-487-60005-8

Illustration et conception graphique : Rémy Tricot
Photo de l'autrice : Brice Andlauer

Éditions Dalva – 92, avenue de France 75013 Paris
info@editionsdalva.fr

AVERTISSEMENT

Ce roman, librement inspiré d'entrevues, de voyages, de recherches scientifiques et de faits réels, constitue une œuvre de fiction. La correspondance des bases d'Ubunto-bay et de Zlato avec d'autres stations en Antarctique ne saurait être que fortuite. D'une façon générale, la frontière entre l'imaginaire et le réel s'avère ici aussi mouvante que la banquise où vous mettez les pieds.

« La beauté, sans doute, ne fait pas les révolutions. Mais un jour vient où les révolutions ont besoin d'elle. »

Albert Camus, *L'Homme révolté*

Apollinaire rêvait de ce voyage en Antarctique.

Enfant, il avait découvert ébahi les premières images d'hommes atterris sur la Lune. Pourquoi ce caillou blanc était-il aussi sec, l'univers aussi vide ? Pour s'accomplir, fallait-il forcément partir loin de chez soi ?

Il relut le Coran sur les conseils de Dilma, à bout d'inspiration pour apaiser les questionnements de son neveu. Une histoire en appelant une autre, il écouta les légendes de son grand-oncle pêcheur sur les voyages et les promesses amères de l'inconnu. Ni dans la religion, ni dans les traditions, il ne trouva de réponses convaincantes.

Une autre fois, alors qu'il était adolescent et que sa voix sautait entre les graves et les aigus comme un grillon de nuit, il demanda à sa tante :

— Pourquoi je m'appelle Apollinaire ? Ça n'est pas un prénom musulman.

Dilma haussa les épaules, éparpillant dans son chignon quelques volutes violettes et or qui se dissipèrent aussitôt.

— C'est le choix de ta mère, mon garçon. Pose-lui la question.

— Elle est en France.

— Ça ne t'empêche pas de l'appeler.

Apollinaire n'avait aucune envie d'appeler sa mère ; Monaféda Bacar était partie quand il avait sept ans à l'autre bout du monde pour suivre un Blanc jusqu'à la métropole. Il n'avait jamais rencontré sa petite sœur là-bas. Dilma savait tout cela, et soupira :

— Je crois qu'elle voulait que tu fasses de grandes choses, et que ce nom te porterait bonheur.

Une jeune institutrice avait déjà fait lire en classe un texte du poète : ses camarades avaient ricané en le dévisageant ; Apollinaire avait baissé les yeux. Nulle miséricorde sur ses épaules à cet instant, mais un poids vaniteux dont il se serait bien passé. Si on avait vraiment voulu lui porter chance, Armstrong ou Mohammed Ali aurait été de meilleur goût. Comme il en faisait la remarque, Dilma lui répondit :

— De là d'où nous venons, tu as plus de chances de devenir poète qu'astronaute, mon fils.

Parce qu'il aimait Dilma plus que toute autre personne, Apollinaire prit l'engagement de lui démontrer le contraire – et de contrarier les desseins de cette mère qui, de toute façon, ne s'était pas donné la peine de rester à Mayotte pour surveiller l'évolution de son enfant. Si la conquête spatiale était hors de portée, d'autres endroits sur Terre restaient à découvrir : les profondeurs sous-marines et l'Antarctique en faisaient partie. D'ailleurs, moins d'hommes avaient posé les pieds dans les bas-fonds des failles océaniques que sur la surface de la Lune.

Deux à trois fois par an, un bateau bien plus grand que la barge qui reliait Petite-Terre à Grande-Terre faisait escale au port de Longoni. Apollinaire savait que le navire, quand il n'assurait pas le ravitaillement des îles Éparses dans le canal du Mozambique, reliait les terres australes de l'océan Indien, transportant à son bord des scientifiques et des aventuriers en partance pour le Sud.

La mère d'Apollinaire finit par réclamer son fils en métropole : son adolescence l'éloigna du pôle Sud et des explorations marines, sans l'approcher d'un pouce de la conquête spatiale. Dans cet immeuble de banlieue, les étoiles avaient même carrément disparu.

Après de premiers bulletins désastreux, on l'envoya dans un lycée chrétien. Le présent s'enfonça peu à peu dans un orage perpétuel : une seconde redoublée sous un ciel gris et bas, les conflits permanents dans sa nouvelle famille et les moqueries de ses camarades eurent vite raison des ambitions de son enfance. Même les taches de couleur qui s'accrochaient depuis toujours aux chevelures comme des méduses inoffensives finirent par dériver, jusqu'à complètement disparaître ; une excentricité de moins à camoufler au quotidien.

Un jour, alors qu'il préparait son bac face au JT, Apollinaire releva la tête : les images d'une épave retrouvée dans les glaces du pôle Sud jaillissaient de l'écran, nimbées d'une lumière de crépuscule. La même semaine, la providence frappa une seconde fois : une offre de volontariat sur l'une des plus récentes bases scientifiques françaises dans le sud-ouest du continent se fraya un chemin jusqu'à lui, tandis qu'il s'ennuyait sur les réseaux sociaux. Un groupe d'archéologues cherchait un assistant pour fouiller les vestiges d'une épave du siècle dernier, atterrie là on ne savait comment.

Comme on écrirait une lettre d'amour, Apollinaire reprit cent fois sa lettre de motivation. Finalement, l'intuition lui souffla d'insister lourdement sur ses racines shimahorées. Le destin de son île, sujette à la montée des eaux, était directement lié à celui de l'immense continent. Puisqu'il était question de travailler sur un chantier de fouille, le jeune homme s'inventa une vocation d'archéologue et d'historien. Après tout, il avait vu à maintes reprises tous les *Indiana Jones*, connaissait le Coran aussi bien que la Bible ; s'il fouillait sa mémoire, il pourrait également se rappeler les contes de son oncle pêcheur.

Apollinaire reçut une lettre de refus électronique moins de sept jours plus tard. Quelques lignes tout au plus, polies et insensibles à son récit. Au fil des mois, il s'efforça d'oublier l'Antarctique, absorbé par ses choix d'avenir de plus en plus restreints. Il débutait une formation en logistique dans l'unique organisme qui avait retenu son dossier, quand un nouveau message lui arriva au début de l'automne : une certaine Véra Keller lui proposait une entrevue. Suite à un désistement, l'équipe d'archéologues d'Ubunto-bay recherchait en urgence un nouveau volontaire.

— Si tu pars, dit sa mère quand il l'en avisa, tout sera difficile à ton retour. Tu viens de commencer une formation qui t'assure un avenir, il faut aller au bout. Ces gens t'ont rappelé par défaut ; ils t'oublieront dès que tu ne leur serviras plus à rien.

Peut-être avait-elle raison. Apollinaire avait eu dix-huit ans à l'hiver précédent et il se contenta de hausser les épaules. Il était libre de ses choix, et savait à quel point les fables qu'on racontait avec aplomb sur l'avenir étaient de vastes supercheries : qu'il s'agisse de son propre futur, de celui de son île ou même de l'Antarctique, tout était incertain, en suspens, en sursis. Le présent seul restait le dernier terrain d'aventure, celui qui ne vous enfonçait pas le nez dans la poussière dès que vous y songiez. À une époque aussi instable, pourquoi pas, après tout, s'intéresser à ces explorateurs d'un autre temps ? En s'enrôlant pour le pôle Sud, tous ces marins qui avaient fait naufrage n'avaient sûrement plus rien à perdre.

Pour la première fois depuis son départ de Mayotte, Apollinaire sentit que le dé de la chance retombait sur sa route. Peut-être que son prénom y avait joué.

Une plaine aux chairs mobiles s'étend sur le pôle Sud.

Marchant à la vitesse d'un homme, le plus puissant courant du monde tournoie amoureusement autour de l'Antarctique : il ballotte ses icebergs et quelques rares brise-glace qui tentent d'atteindre le continent.

Au sud-ouest du pôle, peu après le soixante-dixième parallèle, un navire isolé se fige sur la banquise après sept jours de mer. Un chant de brisures et d'étreintes se propage sous la glace. Des nuages denses gonflent sur l'horizon, trop loin pour gommer les reliefs.

Il en est ainsi depuis toujours : la banquise se rétracte et s'étend au gré des saisons et des siècles, à la manière d'une lente respiration. De même la baleine qui revient sur son lieu de naissance, l'être humain qui s'enfonce dans les brèches, et l'eau qui obéit sous toutes ses formes aux lois de son propre sang.

1.

Ubunto-bay

Apollinaire rangea ses brosses et ses pinceaux, jeta un regard au *White Out* couvert de bâches.

Il enjamba en grimaçant le scooter sur lequel l'attendait Oliver. Le ciel était limpide, le soleil blanc à son zénith. Difficile de se faire à l'idée qu'une tempête descendrait par ici dans moins de quelques heures.

Les trois motoneiges s'engagèrent sur les traces du matin précédent. La tache vive du chantier s'éloigna derrière eux. À moins d'un kilomètre de l'épave, la frontière des eaux libres semblait pourtant se rapprocher au fur et à mesure qu'ils s'enfonçaient vers l'intérieur des terres.

Apollinaire se cramponna à la taille d'Oliver tandis que le convoi prenait de la vitesse. Son dos, ses cuisses et ses épaules tiraient douloureusement. Ils avaient travaillé sans relâche pendant douze heures, s'interrompant seulement pour gober un sandwich. Cette coupure imposée ne tombait pas si mal.

— Tu penses que les bâches vont tenir ? cria-t-il à l'oreille d'Oliver.

L'archéologue haussa les épaules, un geste qui pouvait aussi bien vouloir dire qu'il ne pouvait pas le savoir ou qu'il n'entendait rien par-dessus les grondements du moteur et du vent.

Apollinaire tourna la tête vers les montagnes qui ciselaient la ligne d'horizon. Les allers-retours entre la base et l'épave se succédaient, sans qu'il s'y habitue : le temps du trajet, il oubliait ses muscles endoloris, et les pensées qui l'habitaient quelques instants auparavant s'évaporaient dans l'atmosphère. Les larmes que le vent arrachait à ses joues étaient le mince tribut de son corps à la glace, l'aveu qu'ils étaient faits de la même eau.

Il savait néanmoins que sa présence sur la banquise était tout juste tolérée. Leurs motoneiges faisaient figure d'insectes, l'illusion de vitesse se noyait dans l'espace comme une eau dans le sable. Il percevait dans chaque rafale l'insistance d'un œil blanc dans son dos. Les centaines de millions de litres d'eau solide qui agrégeaient ce monde restaient une frontière défendue.

La base d'Ubunto-bay fit son apparition au bout d'une vingtaine de minutes : de loin, elle se fondait encore avec les reliefs dessinés par le vent sur la glace.

Le convoi obliqua. À vol d'oiseau, le chantier et la base étaient beaucoup plus proches que l'itinéraire courbe dont ils suivaient la trace pour rester à distance des eaux libres. L'été était maintenant trop avancé pour couper en ligne droite.

Apollinaire tourna la tête. Quelques préfabriqués de couleur vive grossirent comme des Duplo posés sur l'horizon. Derrière, une bande d'un bleu intense et rassurant. À quelques détails près, les vagues qui encerclaient la presqu'île d'Ubunto par-delà la banquise étaient les mêmes que celles qui l'avaient vu grandir sur les plages de Grande-Terre. Il n'avait jamais été aussi proche de l'océan depuis l'époque de son enfance.

Les scooters ralentirent à l'approche de la base. Apollinaire aida à décharger le matériel dans le hangar puis gagna le réfectoire principal aux côtés d'Oliver, Ludovic et Véra.

Une vingtaine de personnes occupaient les banquettes de part et d'autre de la salle commune. Toutes les expéditions ralliaient la base avant le début des tourments, l'effervescence flottait entre les tables. Par les vitres qui donnaient sur la baie, au-delà de l'amas de rochers couverts de givre, la silhouette longiligne du D-20 se préparait aussi à la tempête sous un ciel déjà sombre. Depuis son arrivée, l'iceberg hibernait sur la banquise comme un cargo pris dans les glaces.

Apollinaire accrocha sa combinaison au portemanteau de l'entrée et rejoignit son groupe installé près de la fenêtre. Léa et Corentin n'occupaient pas le baby-foot ; ils devaient être dans leur chambre, à moins qu'ils soient encore sur la route du retour.

Une présence inconnue attira brusquement son attention. Une femme qu'Apollinaire n'avait jamais croisée se tenait là, à quelques mètres d'eux. Les sourcils du jeune homme s'arrondirent : elle discutait avec les glaciologues et Rachida, leur cheffe de mission. Il l'observa discrètement.

— C'est qui ? demanda-t-il à Oliver en acceptant la bière qu'il lui tendait.

— Ça doit être la documentariste.

Sur les milliers de kilomètres inhabités de la banquise, l'arrivée d'un nouveau saisonnier à la base était un événement suffisamment notable pour qu'on s'en parle, et qu'on s'en réjouisse. Il avait dû rater l'une de ces discussions – ou rêvasser quand le sujet était venu. Il acquiesça pourtant avec naturel et porta le goulot à ses lèvres. La chaleur montait à ses joues. De fins ciseaux de givre nichés dans ses cheveux crépus glissaient lentement vers ses oreilles et ses épaules.

Yasser, l'électricien qui s'occupait aussi du parc informatique, vint s'asseoir à leur table.

— Toujours pas de squelettes ?

Véra secoua la tête, ses deux mains rouges collées au rebord de sa tasse. Les verres de ses lunettes étaient blanchis par la buée. Même s'il était trop tôt pour l'affirmer, il était probable que les passagers de l'épave aient fait le choix de quitter le navire après s'être échoués sur la rive. Peu d'espoir subsistait de trouver des ossements.

— Dommage, ça vous aurait changés des poutres.

— Tu n'imagines pas tout ce qu'on peut trouver dans une vieille poutre vermoulue, démentit Oliver, sensuel.

La fatigue amplifiait son accent germanique, à moins qu'il ne le fasse exprès. Ils rirent.

— On a une collection de clous de toute beauté, c'est vrai, confirma Véra.

— Mais vos marins, insista Yasser. Vous n'avez pas idée de là où ils sont partis ?

— Les idées, ça n'est pas ce qui manque…

La conversation s'interrompit ; l'inconnue et la cheffe de mission venaient de s'approcher. Avec son entrain habituel, Rachida engagea les présentations : Johanne Tchékénine arrivait du brise-glace *Polar Globe,* bloqué à une trentaine de kilomètres au sud sur sa route vers la plus importante base américaine de la région. L'hélicoptère de bord l'avait déposée cet après-midi en anticipation de l'avis de tempête. En résidence pendant deux mois à Ubunto, elle aurait pour projet de suivre leur quotidien et d'en faire un documentaire.

— Il doit y avoir erreur, plaisanta Yasser. La colonie de manchots vit juste à côté, si c'est eux que tu cherches…

— Tu es plus bavard qu'un manchot, Yasser, répliqua Rachida. Tu leur voles la vedette, assume.

Tous les archéologues souhaitèrent chaleureusement la bienvenue à la jeune femme. Sa peau particulièrement pâle détonnait avec leurs visages basanés, certains carrément cramoisis. Elle arborait des cheveux sombres coupés court qui dégageaient nettement sa nuque et ses oreilles, et des yeux bleu glacier. Elle croisa le regard d'Apollinaire, sourit poliment au garçon quand Rachida le présenta comme l'un des scientifiques qui travaillaient sur le *White Out* – bien qu'il ne soit qu'un simple volontaire.

— Le *White Out*, c'est le nom de l'épave ?

Sa voix très calme pouvait sembler froide et indifférente, si ce n'était cette tessiture planante, presque fluette, que la moindre inflexion rendait très musicale.

— C'est son nom provisoire, oui, confirma Véra. On aura tout le temps d'en reparler ces prochains jours, si tu veux.

Oliver termina sa bière dans un geste joyeux en faisant cliqueter sa boucle d'oreille, ses cheveux blonds bizarrement dressés au sommet de son crâne à la manière d'un porc-épic.

— Deux jours de vents catabatiques, c'est une bonne entrée en matière pour découvrir les environs…

— Tu vas tourner un film sur Ubunto, alors ? tenta Apollinaire, intimidé.

— Une création sonore, plutôt.

Il hocha promptement la tête, bien qu'il n'ait pas la moindre idée de ce que pouvait être une création sonore.

— Il faut que je termine le tour du propriétaire avant qu'on se retrouve bloqués, rappela Rachida. Quelqu'un veut venir avec nous ?

Apollinaire se porta volontaire, abandonnant sa bière à ses compagnons. Du hangar aux zones de travail, en passant par les espaces communs et les chambres à coucher, la visite de la base était une courtoisie plus qu'autre chose : les principaux points d'intérêt étaient un groupe électrogène, une petite flotte de motoneiges, l'hélicoptère d'urgence, une modeste bibliothèque et une cuisine bien équipée. Sans oublier, bien sûr, la salle de projection, et la cabine informatique où se trouvait l'unique ordinateur relié à Internet.

— On commence pratico-pratique, intima Rachida. Allons à l'infirmerie.

7

Johanne tourna la tête pour observer le ciel brasser le temps au hublot de sa chambre.

Bien qu'ils ne soient qu'à quelques mètres, les autres préfabriqués s'étaient quasiment effacés dans le blizzard. Un pan de mur ou une personne qui traversait en se tenant à une courroie se dessinaient ici et là comme une apparition au gré des éclaircies. La neige projetée contre la vitre s'amassait en triangle aux angles de la fenêtre : une nouvelle bourrasque rafla les jeunes cristaux pour les rappeler au tourbillon dont ils étaient issus.

C'était une autre forme de chaos que celui qu'elle avait laissé derrière elle. Depuis des mois, le monde semblait plus instable que jamais ; les tensions entre les nations et au sein même des territoires, les crises économiques, les incendies massifs se succédaient. Elle ne regrettait pas de s'éloigner un temps de l'œil du cyclone, quitte à subir d'autres intempéries.

Johanne s'imagina ouvrir le battant hermétique pour laisser la tornade s'engouffrer. Les murs, le miroir et le couvre-lit couverts de givre ; les rares objets sortis de sa valise soulevés en l'air et aspirés à l'extérieur. Quelle température faisait-il, dehors ? Moins vingt ? Moins trente ? Elle-même se serait transformée en fantôme scintillant, bientôt réintégré au paysage.

Ses yeux revinrent à son ordinateur et aux notes qu'elle avait ébauchées depuis son arrivée. Sa chambre était petite et fonctionnelle : un lit simple, une penderie, un mince bureau collé au mur qu'elle avait déplacé pour regarder vers le dehors. Elle avait passé peu de temps entre ces quatre murs depuis son arrivée, sans cesse sollicitée par une conversation, un jeu de société ou une session de cuisine collective. Elle avait vite compris que les temps solitaires seraient comptés à Ubunto, où le travail, les activités récréatives, jusqu'au brossage de dents se faisaient en communauté.

La tempête empêchait toute sortie en dehors du complexe, mais lui avait du moins permis de rencontrer chaque membre de la base. Étonnamment, la communauté des chercheurs – glaciologues, géologues, physiciens, biologistes, et la petite équipe d'archéologues – comptait seulement pour la moitié des effectifs. Une quinzaine de techniciens s'occupaient à plein temps de la survie du groupe dans des conditions proches de l'autarcie. Trois électriciens, deux mécanos, deux cuisiniers, la cheffe de mission Rachida – qui était également doctoresse – géraient le quotidien en permanence. La base comptait aussi un infirmier, une pilote d'hélicoptère, deux guides pour escorter les scientifiques sur leurs terrains. Plusieurs jeunes volontaires – Johanne avait perdu le compte – secondaient les équipes sur ces missions.

Submergée par la myriade d'informations qu'elle avait absorbée en moins de quarante-huit heures, Johanne s'interrogeait encore sur l'angle de son projet de création. Elle n'avait, par ailleurs, encore rien vu des environs immédiats d'Ubunto. Elle savait simplement que la base scientifique la plus proche était à trois cents kilomètres à l'intérieur des terres, qu'une colonie de manchots Adélie était en nidation sur la banquise et qu'une épave était échouée non loin, de l'autre côté de la baie.

Elle se leva pour enfiler un pull supplémentaire et s'appuya au mur. Les yeux fermés, elle respira profondément pour apaiser les battements saccadés sous sa poitrine. Elle n'avait quasiment pas dormi depuis son arrivée. Peut-être prendrait-elle aujourd'hui l'une de ces boîtes de somnifères que Rachida mettait à la disposition des nouveaux résidents. La présence continue de lumière, couplée à la promiscuité, convoquait alternativement l'excitation et la panique. Même en zone de conflit, Johanne avait toujours eu l'assurance qu'elle pouvait fuir à tout moment. En fin de compte, elle ne s'était jamais trouvée bloquée aussi longtemps au même endroit depuis plusieurs années.

Trois coups au battant de la porte. Elle tira la poignée et reconnut Apollinaire, le jeune homme métis qu'elle avait rencontré le premier jour au réfectoire.

— On passe un film à Shackleton dans une trentaine de minutes, si ça te dit.

Elle fit un effort de mémoire pour se souvenir du nom du bâtiment central, hésita. Le garçon demeurait sur le seuil. Il observait sa chambre avec curiosité, et Johanne l'invita à entrer.

— Tu es sûre ? Je ne voulais pas taper l'incruste.

— Ça me fera une pause.

Il s'installa sur la chaise du bureau sans se faire prier davantage, tandis qu'elle s'asseyait en tailleur sur le lit.

— Tu n'as pas encore défait ta valise, remarqua-t-il.

— Il me reste deux mois pour le faire.

Il sourit, l'interrogea sur ses voyages. Le jeune homme se montrait beaucoup plus volubile qu'à leur première rencontre. Johanne s'étonna qu'il la questionne aussi sur son passé dans l'interprétariat.

— Qui t'a parlé de ça ?

Il haussa les épaules. Les nouvelles allaient vite à Ubunto, sans qu'on sache toujours bien qui les avait lancées. À sa demande, elle accepta d'énumérer les langues qu'elle connaissait par ordre d'apprentissage : le français, le russe, l'anglais, l'allemand, le japonais, l'espagnol et le swahili. Apollinaire écarquilla les yeux. Elle omit d'évoquer le persan et l'inuktitut, dont elle n'avait que des notions.

— Nous n'avons qu'une seule langue en commun, remarqua-t-il.

— C'est un bon début.

— Quoique, le swahili est assez proche du shimahoré, je crois.

Johanne fouilla dans sa mémoire.

— Je ne savais pas que tu venais de Mayotte. Il faudra que tu m'en enseignes quelques mots, alors.

Il la dévisagea, perplexe qu'elle connaisse l'origine d'une langue aussi rare, et qu'elle s'y intéresse.

— Comment est-ce que tu fais ? Pour en retenir autant ?

Johanne regarda distraitement par la fenêtre.

— J'ai toujours vu l'apprentissage des langues comme un passe-temps… Un passe-temps un peu boulimique, admit-elle en croisant son regard. J'en parlais trois avant dix ans, ça aide. Maintenant, j'approfondis surtout les langues que je connais.

— Tu viens de proposer que je t'enseigne le shimahoré, releva Apollinaire.

— Je m'autorise des exceptions.

Un silence paisible passa de l'un à l'autre. Le regard du jeune homme s'égara sur la vitre où tournoyaient les vents.

— Tu ne voulais pas aller à cette projection ? rappela Johanne.

— Si. Tu viens ?

Elle jeta un regard à son ordinateur, soupira. Elle le suivit dans le couloir, se retint d'inspecter le verrou de sa porte – un toc qui n'avait plus de sens dans une base scientifique au milieu de nulle part, où aucune chambre ne se fermait à clé. Elle mit un moment à trouver sa combinaison, suspendue à l'entrée parmi les autres. Apollinaire l'aida à fixer sa capuche.

Ils débloquèrent la porte et se glissèrent à l'extérieur, longeant le mur en s'accrochant à la courroie orange. Johanne songea que la brève formation qu'on lui avait fait suivre juste avant la tempête n'était certainement pas de trop.

Elle accueillit presque avec soulagement la violence des bourrasques. On ne voyait pas à deux mètres. Les sifflements du blizzard, la brûlure du froid jusque dans ses poumons, les secousses que les muscles gainés encaissaient par à-coups la ramenèrent au présent sans lui laisser le choix. Le temps de la traversée jusqu'au préfabriqué central, elle oublia ce qu'elle faisait ici, happée par la simple prouesse de faire un pas l'un devant l'autre.

Apollinaire l'attendait dans l'entrée en secouant les cristaux de sa veste. Dans un bruit de ventouse, il referma la porte derrière elle.

— Ça s'appelle le programme intensif : neuf cents tours par minute, essorage intégré.

Johanne reprit son souffle, le visage éméché et les joues rose carmin. Elle remarqua soudain qu'Apollinaire, qui souriait l'instant auparavant, la fixait à présent avec stupeur – comme s'il ne semblait pas la reconnaître.

— Tout va bien ?

Il reprit ses esprits et acquiesça, lui indiqua d'un geste où se trouvait la salle de projection. Ses traits étaient tendus, fébriles.

— Tu ne viens pas ?

Il secoua la tête, puis s'excusa pour s'éclipser vers les sanitaires.

Comme un torrent de brume ou une pluie aimantée par la mer, de longs nuages de givre dévalaient les versants de la baie. Ils cascadaient jusqu'aux eaux libres, déposant leurs cristaux dans les vagues.

Charriée par le courant *circumpolaire*, cette eau-là poursuivrait son voyage sur l'océan Austral avant d'irriguer le Gulf Stream, le Humboldt et d'autres flux océaniques de la planète. Tôt ou tard, elle reviendrait ici, aux sources du tourbillon – aussi certainement que le sang reprend son impulsion.

Pour l'heure, les vents soufflaient sur l'ouest de l'Antarctique et l'une des bases qui s'était nichée là à la manière d'une tique accrochée aux rochers. Quatre préfabriqués avalés par la brume tenaient dans la tempête. Ils abritaient une trentaine d'hommes et femmes dont la présence ici relevait du caprice ou de l'abnégation.

Les esprits et les mains s'occupaient, chacun à sa façon : surveiller la tempête et d'éventuels dégâts ; participer aux jeux et aux conversations. Repousser les frontières du vide qui les cernait était un travail de toute heure. À l'écart, quelques-uns s'adonnaient à la mélancolie, cependant que le groupe veillait à entretenir le foyer collectif ; une illusion de civilisation.

À quelques kilomètres, une autre colonie formait sur la banquise une tache noire et compacte. Les jeunes individus au duvet gris occupaient le cœur de la formation, protégés par la chaleur du groupe. Certains attendaient leurs parents, partis en mer pour les nourrir, et songeaient au moment qui viendrait, bientôt, d'avancer vers le large et ses prédateurs.

Au milieu de la baie, un iceberg flottait sur l'océan solide – happé par le blizzard comme toutes les autres créatures émergées. Au large, les vagues fouettaient les flancs compacts de distants frères et sœurs.

Sous les eaux noires brassées par le courant, une profusion de micro-organismes, d'algues et d'étoiles de mer s'accrochaient à la peau de l'iceberg. Une série de capteurs fixés dans trois crevasses où s'écoulaient les eaux de fonte mesurait son pouls agité.

Ce battement résonnait dans la chambre exiguë d'un résident. Installé sur son lit en face de son ordinateur, le glaciologue Daniel Adams écoutait l'intérieur d'une montagne en train de fondre. Ses doigts glissaient sur le clavier pour isoler la source, accélérer les pulsations. La tempête renâclait au hublot comme une bête aux naseaux enfumés.

Il ne remarqua pas la trouée de lumière qui perçait les nuages à cet instant : le soleil argenté s'engouffra dans la brèche, frôlant le couvre-lit. Un éclat violacé nimba l'arête du D-20. Au même moment, les bâches qui recouvraient l'épave de l'autre côté de la baie espacèrent leurs battements. Les spasmes qui secouaient la toile soupirèrent de fatigue, puis s'affaissèrent sous les cristaux fraîchement tombés.

À l'écart des autres, Apollinaire avala rapidement son sandwich en observant l'épave.

Les fouilles avançaient bien depuis la matinée : la plupart des vestiges avaient traversé la tempête sans encombre. Le *White Out* n'en était pas à sa première intempérie. Préservé par le permafrost et les sédiments pendant des décennies, son long squelette de bois et de métal désormais exposé risquait pourtant la désintégration rapide.

Au bout d'un mois de fouilles, toute la proue du navire et une large partie de son flanc gauche étaient à présent dégagées. Les prélèvements faits sur la coque et la composition chimique des glaces qui entouraient l'épave corroboraient l'intuition de l'équipe : le *White Out* avait l'âge et l'allure d'une goélette d'explorateurs ou de commerce du tout début du siècle précédent. La plupart des bateaux piégés par la banquise terminaient leur voyage au fond des mers. La présence de ce navire parvenu à s'échouer sur la côte était à la fois une énigme, et une chance.

Après la pause, Apollinaire reprit sa place aux côtés d'Oliver dans leur carré de fouille. Ils travaillaient depuis la matinée sur des traces de pigments au niveau de la proue. À son soulagement, les autres archéologues postés un peu plus bas étaient partiellement hors de vue, penchés sur leurs outils.

— Ça fait quatre heures que tu fuis mon regard, Apo, remarqua Oliver sans animosité. Je t'ai fait quelque chose ? Ou tu es amoureux ?

— Je suis dans mes pensées, c'est tout.

À contrecœur, il tourna son visage vers son voisin, se concentra sur les pupilles brunes d'Oliver pour tenter d'ignorer le halo orange vif qui l'entourait. Peine perdue. La couleur remontait comme une onde, de ses épaules jusqu'au sommet de son bonnet.

Oliver releva le menton, s'attendant à une suite, puis reprit le travail d'un air dubitatif. Le reste de l'après-midi s'écoula sous le soleil indifféremment haut, chaque heure semblable à la précédente, sans artefact ni trouvaille singulière pour briser la routine du chantier.

Il accueillit avec un sentiment de délivrance mêlé d'appréhension le retour à la base. À l'arrière de la motoneige, Apollinaire fixa ses yeux sur l'horizon, tandis que ses collègues ouvraient la route en s'éloignant de la presqu'île vers l'intérieur du continent.

Véra était indubitablement vert pomme ; Ludovic, lui, arborait un halo violet sombre. De dos, au moins, le volontaire ne distinguait plus rien de ces étranges visions. Il se concentra sur le paysage, préoccupé.

Il gagna directement sa chambre une fois les motoneiges au sec. Il s'allongea sur le lit, contempla le plafond. Les autres buvaient un verre au réfectoire. Les émotions qu'il avait maintenues à distance toute la journée affluaient désormais par gros rouleaux.

Il se leva et traversa la pièce pour se poster devant le miroir, en face de son reflet. Une belle lumière dorée entrait par la fenêtre, inondant ses épaules et la face gauche de son visage. Sa peau caramel pâle avait bruni depuis un mois, tannée par le grand air. Ses cheveux noirs crépus s'étaient épanouis de plusieurs centimètres tout autour de son crâne : la chaleur dense de sa tignasse était trop appréciable sous de telles latitudes, et avait eu raison des tontes hebdomadaires qu'il pratiquait depuis l'adolescence.

Son cœur accéléra en distinguant le halo gris orage autour de ses épaules. Quelques irisations plus pâles prolongeaient son aura jusqu'en haut de son crâne, comme l'intérieur d'un coquillage nacré.

Enfant, les visages de ses proches s'éclairaient simplement de taches, de reflets passagers. Il n'avait jamais distingué de couleurs aussi denses et persistantes, encore moins sur sa propre figure.

Sans quitter des yeux son reflet, la main d'Apollinaire effleura le nuage sans que rien ne se passe : aucune texture, température ou autre sensation inhabituelle n'accompagnait la manifestation grisâtre.

Il actionna l'interrupteur à gauche du lavabo, juste sous la fenêtre. Le volet s'abaissa lentement dans un murmure automatique. Apollinaire observa son reflet se brouiller et sa peau s'obscurcir au fur et à mesure que le soleil fuyait la pièce. Le halo s'estompa lui aussi, avant de disparaître.

L'air de la chambre était tranquille, indifférent à sa présence. Le jeune homme arrêta le store de manière à laisser quelques étoiles de jour percer entre les lattes. Il enleva tous ses vêtements dans la pénombre.

Il s'étendit sous les couvertures, chercha sa nuque d'une main, enroula ses genoux de son bras libre. En écoutant le bruit de sa respiration, il songea au chant des vagues sur les plages de Grande-Terre, à leur caresse sur ses chevilles et au sable fuyant sous ses pieds. Il garda longuement les yeux fermés sans trouver le sommeil, réfugié dans son rêve-souvenir. Quand les pas étouffés du couloir marquèrent un temps d'arrêt devant sa porte, il pensa à la danse saccadée des crabes fantômes, et aux longs pédoncules oculaires dressés au moindre bruit au-dessus de leurs pattes. Un temps incertain s'écoula, avant que le sommeil ne vienne le soulager.

2.

Sous la banquise

7

Depuis la terre ferme, Johanne observa le carré de deux mètres de large qu'on avait découpé dans la banquise. Le fragment de mer libre y luisait, tranquille, comme une grosse bête non mécontente de sentir sur son dos la chaleur du soleil. Au loin, un iceberg bleuté solidement encastré dans la glace jaugeait la scène avec distance.

Léa, Apollinaire et Corentin attendaient tous les trois sur le côté, serrés solidairement les uns contre les autres. Les résidents venus en observateurs n'en menaient pas large non plus. Seule Rachida, la cheffe de mission, allait de l'un à l'autre pour prodiguer quelques conseils.

— Ça n'est pas aussi désagréable qu'on se l'imagine, murmura Oliver à côté de Johanne.

Elle sursauta, bien qu'elle ait reconnu son accent germanique.

— Tu as déjà fait l'exercice ?

— Le mois dernier, oui.

Johanne rapprocha légèrement son micro de ses lèvres avant de le tourner vers son voisin.

— Comment tu décrirais ce que ça fait ? Quand on plonge là-dedans ?

— Il y a cette sensation d'aiguilles et de brûlure, d'abord… Et puis, la pleine conscience.

Elle lui lança un regard interrogateur.

— Chaque seconde qui passe, tu la ressens, précisa-t-il. Chaque seconde. Ça n'arrive pas si souvent que ça.

Un silence s'écoula.

— On est sûr qu'il n'y a pas… d'animaux là-dessous ?

L'archéologue sourit.

— Ni orques ni léopard de mer. Du moins personne n'en a encore vu par ici.

La documentariste tourna la tête comme Léa s'approchait de la brèche pour sauter la première. Hilde, sa superviseuse, pressa l'épaule de la jeune fille et lui dit quelques mots à l'oreille. Johanne savait seulement qu'elle était volontaire parmi l'équipe de glaciologues. Corentin et Apollinaire attendaient derrière elle, inquiets.

Johanne fit quelques pas. Elle s'accroupit au bord de la piscine creusée à même la glace pour capturer le moment du plongeon. Léa tourna la tête vers elle, le sourire brave.

— Heureusement que tu enregistres, lança-t-elle en jetant un coup d'œil au microphone. Quand je raconterai en France ce qu'on nous fait faire par ici, on sera obligé de me croire.

On passa une corde à sa taille. Hilde vérifia que son piolet était bien accessible dans sa poche de devant. Avec une détermination impressionnante, elle sauta.

L'eau ricocha sur les rebords de la piscine. Le carré d'océan se troubla, surpris qu'une jeune humaine lui saute sauvagement sur le dos. Toutes les conversations avaient cessé. Johanne suivit avec appréhension les mouvements de Léa pour se maintenir à la surface.

Elle avait retenu qu'un corps humain refroidissait dans l'eau vingt-cinq fois plus vite qu'à l'air libre. Rachida en avait dit un mot pendant le dernier brief. Sur la surface comme au-dessous de la banquise, la température de l'eau et du vent frôlait zéro degré. Le temps de survie habituel en milieu froid se réduisait ici comme si on avait condensé les minutes en secondes, et les heures en minutes : autrement dit, Léa avait très peu de temps pour s'en sortir. La corde entourée à sa taille viendrait la tracter hors de l'eau si elle n'arrivait pas à se hisser après une minute d'immersion.

Figée, Johanne enregistrait la respiration saccadée de Léa entre les bruits de clapotis. De longues secondes venaient de s'écouler durant lesquelles la jeune fille était demeurée quasiment immobile, aspirant l'air avec difficulté.

— C'est bien, la guida Hilde d'un ton placide depuis l'autre bord. Calme ta respiration avant de remonter. Calme-toi. Voilà. Tout va bien, tu es encordée. Maintenant, prends le piolet. Le piolet dans ta poche…

Léa s'exécuta, semblant se souvenir du pic à glace à portée de sa main. Hilde s'écarta légèrement du bord tandis que la jeune fille nageait vers elle. Avec une force surprenante, elle se projeta d'un bond. Le piolet heurta la glace dans un choc mat, puis ripa et glissa vers le bord dans un long bruit glaçant.

Léa, qui avait réussi à se hisser sur la banquise jusqu'à la taille, s'enfonça à nouveau dans la piscine, cette fois-ci sans remous. De fines vaguelettes se formèrent dans le carré de mer ouverte.

Son regard chercha Hilde avec appréhension.

— Ça n'est pas grave, articula la glaciologue. Tu as encore du temps. Recommence. Enfonce bien ton piolet.

La jeune fille hocha la tête, prit deux inspirations, puis bondit de nouveau hors de l'eau. La glace ici, près du rivage, était encore dense et épaisse : y planter un piolet était un tour de force.

Johanne observa avec soulagement Léa ramper sur la banquise, la main crispée sur le pic métallique cette fois-ci encastré devant elle. Sa combinaison humide glissait contre la glace dans un bruit de succion. En moins de quelques secondes, tout était terminé ; Hilde l'aida à se remettre debout. La volontaire parvint même à sourire, les lèvres violacées, entre ses claquements de dents. Rachida l'entraîna sans attendre vers le préfabriqué où se trouvait l'infirmerie. Elle venait de passer près de cinquante secondes dans l'eau glacée.

Corentin et Apollinaire l'acclamèrent au passage, le visage blême.

Des regards soulagés circulèrent parmi le groupe d'observateurs. Johanne se redressa pour capturer le brouhaha en attendant le tour de Corentin : le jeune homme inspirait par le ventre pour se préparer au plongeon. Hilde s'approcha de lui et passa un bras autour de ses épaules. Voir Léa se débattre si longuement n'était certainement pas une vision rassurante.

Il plongea à son tour dès le retour de Rachida. Léa buvait un chocolat chaud à l'infirmerie. Corentin parvint à s'extraire à son tour en quarante-huit secondes de la piscine, sous les acclamations des spectateurs.

Vint le tour d'Apollinaire. Il entreprit de respirer profondément, comme Hilde le leur avait montré. Cet entraînement facultatif devait permettre de réagir avec sang-froid et dans des conditions proches de la réalité – c'est-à-dire intégralement vêtu de sa combinaison et engoncé dans ses mouvements – en cas d'accident sur la banquise. Une partie des scientifiques et des techniciens d'Ubunto s'était déjà soumise à l'exercice, parfois plusieurs années auparavant dans divers centres d'entraînement au Groenland, aux îles Spitzberg ou sur des lacs alpins.

Rachida revint vers le groupe, leva son pouce en l'air pour signaler plus succinctement que Corentin récupérait. À la manière d'une entraîneuse, Hilde s'approcha d'Apollinaire et murmura des mots à son oreille. Oliver, qui secondait la glaciologue, resta légèrement en retrait pour ne pas oppresser le garçon, déjà bien entouré.

Le jeune homme s'approcha du rebord. L'eau était redevenue tranquille, comme si elle avait oublié les deux intrusions précédentes. Il croisa le regard de Johanne et plongea sans un mot.

À l'instar de Léa et Corentin, plusieurs secondes passèrent, qui semblaient des minutes, avant qu'il ne parvienne à calmer sa respiration. Johanne ferma les yeux un bref instant. L'angoisse se ressentait parfaitement sans images : le claquement de l'eau sur le rebord de la banquise, le silence des observateurs, les tentatives crispantes du piolet sur la glace, le souffle discontinu des volontaires et leurs rugissements épuisés lorsqu'ils parvenaient finalement à se hisser sur le rebord.

Comme Léa, Apollinaire échoua à planter son piolet la première fois. Comme elle, il guetta Hilde du regard, le doute au fond des yeux. Le souffle du garçon s'accéléra à ce moment à la manière d'un poisson pris au piège. Un poisson s'asphyxiant de seconde en seconde. Johanne sentit son propre cœur tambouriner. Elle lut la peur profonde sur les traits du garçon. *Allez,* songea-t-elle. Hilde serrait la corde contre son poing sans le lâcher des yeux, et cette vision la rassura. Apollinaire planta une seconde fois son piolet, échoua, et retomba lentement vers l'orifice taillé le matin même dans la banquise.

— Je te tire, décréta Hilde, en faisant signe à Oliver de venir l'aider.

— Non ! parvint-il à crier. Ça fait moins d'une minute. Laisse-moi réessayer.

Même si Apollinaire ne pouvait pas le voir d'où il se trouvait, le chronomètre posé sur le côté indiquait quarante-neuf secondes. Hilde acquiesça.

Dans un effort qui semblait surhumain, le volontaire prit deux inspirations avant sa troisième tentative. Il glissa de nouveau. Sans lui laisser le temps de s'enfoncer dans l'eau jusqu'aux épaules, la glaciologue tira la corde à elle. Oliver se précipita.

En moins de quelques secondes, Apollinaire se retrouva à la surface, grelottant.

— Cinquante-huit secondes, mon garçon, décréta Rachida. Viens vite à l'intérieur avant de te transformer en glaçon.

La médecin ne semblait pas inquiète, mais l'entraîna sans lui laisser le temps de réfléchir. Il se laissa faire mollement, les épaules voûtées. Johanne baissa les yeux vers le morceau de mer qui ondulait paresseusement dans son carré d'eau sombre. Hilde s'approcha d'elle.

— C'est un exercice facultatif, rappela-t-elle. On prend suffisamment de précautions lors des expéditions pour que le risque de passer à travers la banquise soit minime. Tu peux changer d'avis si tu ne le sens pas.

Johanne secoua la tête.

— Même si je n'arrive pas à sortir de l'eau, je suis curieuse de l'expérience, répondit-elle, en lançant un regard à Oliver un peu plus loin. Par contre, je ne ferai que deux essais. Si ça ne marche pas, vous pouvez me tirer directement.

Hilde hocha la tête et lui sourit en lui pressant l'épaule. La glaciologue sentait le froid et le savon. D'ordinaire peu tactile, Johanne ressentit un bien-être diffus au geste de sa voisine. Une mèche de cheveux rouges lui chatouilla le nez.

Rachida mit un peu de temps à revenir.

— Johanne est la dernière ?

Hilde hocha la tête. Il n'y avait plus à l'extérieur que trois observateurs et Oliver, fidèle à sa mission d'assistant-remorqueur. Johanne confia son micro à Yasser, qui était parmi eux. Elle vérifia d'un geste que son piolet soit atteignable, laissa Hilde lui nouer sa longue ligne de vie autour de la taille, prit plusieurs longues inspirations pour gonfler ses poumons. Comme elle avait pu l'observer, les premières secondes dans l'eau froide ne lui permettraient pas de respirer correctement.

Johanne s'avança vers le bord. Le temps se dilatait, avant même de franchir la frontière de l'eau. La mer était un carré noir – une invitation à plonger. Le souvenir de sa mère en maillot de corps, les épaules et les jambes enduites de graisse au bord de la Volga, lui revint en mémoire. Le fleuve ronronnait devant elle, enlacé par la neige, son père en bord de grève muni d'un chronomètre, lui aussi.

La jeune femme eut le temps de songer que ses sept langues ne seraient là-dessous d'aucun secours, puis sauta comme les autres.

N'importe quelle histoire peut démarrer où bon lui semble.

Il arrive qu'un récit commence par son milieu, sa fin ou son premier tiers : au temps de ce voyage, l'Antarctique est une pomme aux chairs découvertes. Est-il possible que le continent blanc ait déjà l'intuition de sa fin ? Ou qu'il ait connaissance, ainsi qu'un vieux griot, de l'un de ces retournements capables de modifier le cours du monde ?

Il y a environ douze mille ans, bien avant l'arrivée des premières colonies humaines aux marges de son territoire, l'Antarctique s'étendait au-delà des limites que nous lui connaissons. Les glaciers bleus de l'inlandsis avançaient vers le nord, poussés sur l'océan par des milliers de tonnes de glace. Plusieurs ères climatiques amenèrent ses frontières à s'étendre ou se replier – un royaume aux contours fluctuants.

Si un biographe les y conviait, de quelles façons les glaces de l'Antarctique diraient-elles leur histoire ?

Peut-être à travers les chapitres successifs de leur vie imprimés sous leur peau, à la manière de couches stratigraphiques ; peut-être via les craquements et vibrations que certains glaciologues s'attellent aussi à décrypter. Ou bien, par la chorégraphie des courants sous-marins qu'elles alimentent. Peut-être, à travers tous les sens de toutes les créatures attirées vers le sud pour les raisons les plus étranges et les plus essentielles. Peut-être de toutes ces façons-là et d'autres qui nous échappent : une faille dans la banquise suffit parfois à réveiller un nouvel océan de perceptions.

Apollinaire releva le nez et croisa le regard de Johanne tandis qu'elle pénétrait dans le préfabriqué. Rachida la secondait.

Ses cheveux courts dégoulinaient sur le sol en vinyle. Elle s'assit sur une chaise dans un soupir et ôta sa combinaison, aidée par la médecin. Elle se retrouva comme les autres en sous-vêtements et accepta avec reconnaissance l'épaisse serviette-éponge que lui tendit la doctoresse. Apollinaire eut le temps d'observer plusieurs cicatrices sur son corps au niveau de la clavicule, du ventre et du genou. Il détourna les yeux, conscient de son indiscrétion. Johanne n'avait rien remarqué. Son halo bleu profond s'était moucheté d'une myriade de taches claires semblables à des bulles d'oxygène. Une beauté hypnotique, impressionnante. Il se demanda brièvement pourquoi Johanne était la toute première personne en Antarctique qu'il avait revue en couleur.

— Alors ? demanda-t-il. Tu t'en es sortie ?

La documentariste semblait trop épuisée pour prononcer un mot, mais sourit doucement au garçon. Tous ses traits étaient fluides, dénoués. Par contraste, il prit conscience de l'expression de constante vigilance qui tendait d'habitude son visage.

— Quarante-deux secondes, répondit à sa place Rachida.

Une exclamation admirative gagna Léa et Corentin, assis l'un à côté de l'autre. Apollinaire se tenait légèrement à l'écart. Il accueillit l'information d'un coassement incrédule, qui fit rire ses voisins.

— Tout le monde a réussi, résuma-t-il après un silence. Sauf moi.

— Ne dis pas n'importe quoi, protesta Léa. Ça n'est pas une compétition.

— Oui, on a tous fait de notre mieux, rappela Corentin. Tu as grandi dans les eaux chaudes. C'est normal que ça soit plus simple pour un Savoyard.

Rachida jeta à Corentin un regard en biais. Apollinaire ravala sa grimace. En plus de leurs halos jaune canari et mauve, Corentin et Léa arboraient tous les deux de jolies nuances perle, comme des reflets rosés autour de leurs auras. La complicité, l'attirance même entre les deux tombait sous l'évidence. Ce n'était pas un cas isolé : toutes les couleurs qu'il discernait s'étaient complexifiées au fil des jours, quelle que soit la personne.

Apollinaire se demanda s'il serait parvenu à remonter sur la banquise si le halo vert de la glaciologue – semblable à celui de Rachida, quoique moins étendu – n'avait pas brusquement noirci après sa première tentative. Hilde n'avait pas fait montre de la même inquiétude avec Léa. Quant à Corentin, il était remonté du premier coup, hissant lentement mais sûrement son corps musclé hors des eaux sombres.

Apollinaire rêvait à cet instant de s'échapper de cette infirmerie. Fuir la pitié des autres, leurs regards bienveillants, ce ballet d'émotions qu'il ressentait sans filtre, pour regagner sa chambre derrière ses volets clos. Il lui fallait encore attendre une vingtaine de minutes avant de pouvoir s'éclipser.

Rachida s'approcha de Johanne et lui tendit une tasse de chocolat fumant. La documentariste entoura le gobelet de ses paumes et contempla longuement les bulles de lait à la surface. Elle semblait réellement ailleurs – presque sous drogue. Dans un autre contexte, Apollinaire se serait demandé si elle ne s'était pas dopée pour sortir aussi vite.

En vérité, son corps à lui nageait aussi dans le bien-être. Mais son orgueil traînait au sol comme une serpillière imbibée d'eau glacée. La sensation de froid n'était réellement arrivée qu'une fois sur la banquise, lorsqu'il était sorti de l'eau. Elle s'était atténuée après quelques minutes dans le préfabriqué comme un long tressautement.

Dans l'eau, il avait d'abord ressenti une brûlure fulgurante. Avec une acuité nouvelle, il avait pris conscience de chaque millimètre carré de son corps, de cette peau-frontière entre la mer et lui. Sous l'eau, Apollinaire oubliait ses contours. De ses baignades dans l'océan Indien et même des plus modestes allers-retours à la piscine municipale, il gardait un souvenir fusionnel. Sa joie s'élançait dans les vagues : il fallait simplement penser à respirer de temps en temps. La mer enveloppait ses orteils, ses doigts lui retournaient chacune de ses caresses.

Dans ce carré de mer taillé dans la banquise, Apollinaire avait senti qu'il pourrait à nouveau se dissoudre – mais d'une façon irréversible. Sa peau piquait et pétillait comme un comprimé d'aspirine dont le destin inéluctable était de disparaître dans un verre d'eau.

Hilde lui avait ordonné de planter son piolet. Il avait obéi sans réfléchir, tiré de sa torpeur. Et il avait échoué. En croisant ce regard qui pensait camoufler son inquiétude, crispé sur son cordon, Apollinaire s'était rappelé. Cette mer remplie de mort, de vie, et bientôt de lui-même. Son corps lui semblait prêt à tout accueillir. Mais les vivants en face le regardaient, un feu d'artifice de couleurs. Son cœur avait bondi dans sa poitrine, aspiré toute son énergie pour le projeter à la surface. Les halos ternissaient les uns après les autres. Personne ne croyait plus en lui, évidemment.

Il avait perdu trop de temps ; son corps était déjà trop faible quand il était sorti de sa sidération. À son troisième échec, Hilde et Oliver l'avaient hissé sur le rivage comme un poisson de ligne.

— Tu préfères qu'on t'attende ? s'enquit Léa, posant une main timide sur son épaule.

Il sursauta. Rachida venait de signaler aux deux comparses qu'ils pouvaient retourner dans le préfabriqué-dortoir et terminer de se réchauffer sous la douche. Apollinaire et Johanne, eux, devaient encore attendre une dizaine de minutes.

— Allez-y. On se verra plus tard.

Une part de lui rêvait d'être enfin seul ; une autre se lamentait de solitude anticipée. Apollinaire se détesta de nourrir en lui-même tant de contradictions. Léa et Corentin lui firent un signe de la main avant de disparaître, accompagnés de Rachida. Johanne et lui restèrent seuls dans l'infirmerie.

— Dis, tu supprimeras de ton documentaire les traces de mon exploit ?

La documentariste blottie dans sa serviette sembla se souvenir de sa présence. Elle tourna son visage vers lui et le regarda un instant sans comprendre.

— Tu es resté dans l'eau plus longtemps que nous tous, observa-t-elle.

— Merci de me le rappeler.

— Selon d'autres critères, c'est aussi un exploit. Mais oui, comme tu voudras.

Un silence s'étira, sans qu'il sache quoi répondre. À sa surprise, elle lui saisit la main et la pressa avec douceur. Apollinaire sentit avec clarté qu'il ne s'agissait nullement de pitié, mais d'autre chose ; son geste découlait d'un besoin.

Le jeune homme détourna les yeux en sentant l'océan refluer sous sa peau. Il pressa malgré tout la paume de Johanne en retour, un sentiment de gêne mêlé à la reconnaissance.

7

La nuque courbée sous le pommeau de douche, Johanne ferma les yeux, attentive. Un long frisson la parcourut. Elle rouvrit les paupières et examina sa peau, la chair de poule sur ses avant-bras rouges. L'eau chaude emportait les souvenirs surgis du temps présent. D'épais nuages de vapeur montaient au-dessus d'elle et s'échappaient de la cabine pour envahir le reste des sanitaires. Le passé était dense, compliqué. Elle faisait de son mieux, avait toujours fait de son mieux avec son étonnant bagage. Le monde l'avait modelée de l'extérieur comme une pâte élastique. Tant que l'eau ruisselait sur son crâne, ces choses n'avaient plus d'importance.

Lorsqu'elle avait repris son souffle sur la banquise, les muscles encore rigides, toutes les langues de la Terre, celles qu'elle parlait et celles qu'elle ne connaissait pas, tenaient dans un seul mot. Puis il avait fallu parler, répondre à Hilde et Rachida ; elle avait hésité sur l'idiome adéquat – *le français*, sa langue paternelle. Et la langue officielle d'Ubunto.

La faim creusait son ventre et elle se rhabilla. Son jean tombait, lâche, autour de ses reins. Elle regagna sa chambre, s'étendit sur le lit, s'assoupit une vingtaine de minutes. Des bruits de pas dans le couloir la tirèrent du sommeil ; Yasser, à qui elle avait confié son micro, vint lui remettre son matériel. Ils échangèrent quelques paroles, puis il se retira pour la laisser se reposer, non sans lui préciser qu'une fête s'improvisait dans le réfectoire principal.

— Je vous rejoins dans dix minutes, assura-t-elle.

Elle referma la porte, se laissa retomber sur le matelas. Elle porta machinalement la main vers son ventre creux, les côtes saillantes à l'extrémité de sa cage thoracique. Elle avait dépassé ce stade où elle ne sentait plus la faim, où ce vide-là, du moins, ne se concentrait plus comme une béance vorace sous le nombril, pour s'alanguir dans tout le corps.

Elle se pelotonna sur elle-même jusqu'à former un œuf. Un vertige la saisit en se voyant de haut. Qui était cette femme maigre dans ce corps androgyne, cette femme qui parlait peu ? Elle avait été cette enfant, d'abord : précoce et volubile, fière de sa biculture, amusée d'amuser par sa parfaite maîtrise de trois langues à huit ans. Puis cette adolescente anorexique, séjournant les étés chez sa mère, à Moscou, et le reste du temps chez son père à Belfast, Bogotá, Kiev ou Bruxelles. Une mère athlète, un père diplomate, et elle entre les deux. Johanne s'était fait des amis jusqu'à ses troubles alimentaires, qui l'avaient peu à peu isolée des autres adolescents. Elle s'était guérie seule en comprenant que l'aide ne viendrait pas d'ailleurs.

Jeune adulte, elle avait étudié la linguistique en France, puis en Russie. Elle s'était rapprochée de ses nationalités d'origine et éloignée de ses parents. Grâce à sa belle-mère, elle avait d'abord travaillé comme interprète pour les Nations Unies, puis pour divers médias et ONG en zone de guerre. Elle s'était découvert un sang-froid peu commun. Plus tard, une faculté pour capturer le fond des émotions des êtres qu'elle rencontrait. Travailler en zone de conflit avait été une évidence. Johanne était bien incapable de s'absorber à traduire des notices, ou même des livres : elle avait ce besoin de se frotter au monde, d'agir contre le délitement des hommes, des villes, des continents, de sa propre personne, pour préserver le sens et l'unité du premier monde qui s'était déployé en elle. Monde ciselé de part en part, rassemblé et tenu par une force intestine.

La fatigue physique et psychique s'accumulait à la manière de sédiments ; elle manqua par deux fois de mourir en mission. En choisissant de se reconvertir dans la radio documentaire, elle était revenue sur les lieux qu'elle connaissait. Quelques beaux reportages lui apportèrent des distinctions. Elle se réveilla un matin dans une chambre d'hôtel, incapable de se lever, pour rester allongée dix jours durant. Au cinquième, elle parcourut un désert blanc dans un état semi-conscient. La fièvre redescendait ; elle envoya une demande de résidence à l'Institut des Pôles, oubliant peu après sa propre initiative. Elle reçut une réponse un mois plus tard, lors d'une escale à Erevan.

Et voilà qu'elle était à Ubunto. En Antarctique. Elle déplia ses membres. Qui l'aurait cru ? Quelle idée l'avait prise ? Elle ne regrettait pas de se trouver ici, au bord du monde. Elle avait rêvé de ce vide, de ces espaces. Moins de cette vie sociale en autarcie et d'une promiscuité qu'elle supportait pourtant mieux que prévu. Cette terre n'avait jamais connu ni la guerre, ni les langues humaines. Elle tenait comme un bloc fendu en maints endroits, comme elle.

Johanne se redressa sur le lit, massa sa nuque raide, explora de ses doigts les reliefs de son crâne à travers ses cheveux courts. Elle se leva et traversa le couloir pour rejoindre le préfabriqué principal où s'était déjà rassemblée une trentaine de résidents. Elle avait faim, soif, et une furieuse envie de converser avec n'importe qui.

La fête battait son plein dans le réfectoire principal : Yasser venait de monter la musique, on avait repoussé les tables contre les murs. Les silhouettes allaient et venaient d'un groupe à l'autre. Les paroles sautillaient, changeant aussi vite de sujet que de verre. Les stores avaient été baissés pour créer une ambiance tamisée et oublier le jour infatigable.

Apollinaire but une nouvelle gorgée de bière, affaissé dans le canapé.

Il avait passé le début de soirée avec Léa et Corentin, camouflant le malaise qu'il ressentait en leur présence. Leurs corps avaient besoin d'intimité. Il s'était rapidement écarté vers d'autres groupes ; les deux autres s'étaient éclipsés peu après.

Apollinaire n'avait pas spécialement espéré d'aventure entre Léa et lui ; la gentillesse dont elle faisait preuve était toute amicale. Pour autant, il aurait préféré que leur trio reste un trio d'amis, au lieu de se voir expulsé aux marges.

Il s'était efforcé de prendre part aux autres discussions les heures suivantes. Si ça n'avait tenu qu'à lui, il serait reparti dans sa chambre. Mais tout le monde était là, y compris Rachida. S'il s'éclipsait maintenant, son absence serait remarquée, peut-être interprétée comme un nouveau relent mélancolique. Il savait parfaitement que sa distance des derniers jours ne pouvait guère passer inaperçue.

Ses yeux glissèrent sur la silhouette des résidents. La plupart des halos rayonnaient de volutes jaunes et or. Les mots « joie », « gaieté », lui venaient à l'esprit spontanément – des sentiments qui n'étaient pas pour lui. Johanne, Daniel, étaient plus bleutés que les autres – ici et ailleurs à la fois. Le jeune homme observa plus longuement la documentariste. Des volutes grises entachaient son halo autour de ses épaules, indissociables d'une sorte de douleur. Un camaïeu plus clair flottait toujours autour de ses oreilles depuis l'épisode du plongeon. Apollinaire vit Oliver s'approcher de Johanne. Le halo orangé de l'archéologue était vif, plus clair aussi que de normal : il rayonnait. Des volutes blanches montaient de sa poitrine.

Apollinaire fronça les sourcils : un crépitement rouge sombre prit forme autour du ventre de Johanne.

La couleur irradia, jusqu'à se condenser dans un tourbillon pourpre. Il détourna les yeux.

— Quelle musique te ferait plaisir, Apo ? lui demanda Yasser en s'asseyant à ses côtés.

— Je ne sais pas, fit-il, pris au dépourvu.

— Hein ? Tu n'as pas un groupe, une chanson préférée ?

— Ça ne vous plaira pas.

— On s'en fout, de ça !

Apollinaire croisa le regard pétillant de l'électricien, jaune vif lui aussi.

— T'as un groupe préféré, toi ?

Yasser se pencha vers lui, baissa la voix sur le ton de la confidence. Apollinaire tendit l'oreille.

— Rien ne m'a jamais fait autant vibrer que Jean-Jacques Goldman… Réfléchis à la tienne, en attendant.

Il se leva d'un bond pour regagner l'enceinte. Quelques corps commençaient à se trémousser. Yasser les rejoignit, hanches et bras secoués de spasmes aux premières notes de guitare électrique. Apollinaire sourit.

Il termina sa bière et jeta un coup d'œil à l'étiquette : l'alcool renforçait-il ses perceptions ? Jusqu'où tout cela irait-il ? Et pourquoi ce réveil maintenant, en Antarctique, après ces longues années d'adolescence uniformément grises ?

Le jeune homme se leva ; un début de nausée tordait son estomac, encore. Il zigzagua entre les groupes jusqu'à atteindre la salle informatique à l'autre bout du bâtiment. L'unique ordinateur relié à Internet se trouvait là, libre.

Apollinaire s'assit face à l'écran, entreprit nerveusement quelques recherches sur les auras, jetant régulièrement un œil par-dessus son épaule. Il tomba aussitôt sur des sites de voyance, et quelques blogs truffés de théories loufoques. Chaque page se chargeait avec une lenteur laborieuse : il abandonna vite pour basculer sur sa boîte mail. Aucun nouveau message, sauf celui de sa mère, reçu la semaine précédente et laissé sans réponse. Il hésita à lui écrire, sentit sa gorge se nouer : c'est à Dilma qu'il voulait envoyer des nouvelles, et demander conseil.

Il aurait aimé revenir à Mayotte à son retour. Mais même Dilma avait fini par en partir quelques années plus tôt, alors que la situation sanitaire défendait d'attraper un avion pour assister aux funérailles. Apollinaire hésita. Il recopia l'adresse fantôme de sa tante, écrivit au-dessous :

C'est revenu, Mama Bole. Qu'est-ce que je dois faire ?

Il s'imagina poursuivre, lui donner des nouvelles d'Antarctique, s'interrompit et supprima brusquement son message, le cœur serré. Il avait entretenu pendant quelques années une correspondance sporadique avec sa tante : une poignée de messages et deux appels par an, aux dates d'anniversaire. C'était peu et beaucoup à la fois, il l'avait mesuré les mois suivant les funérailles.

Apollinaire prit soin d'effacer l'historique de ses recherches, éteignit l'ordinateur et traversa le réfectoire en sens inverse. Les résidents dansaient encore sur une nouvelle chanson de Jean-Jacques Goldman.

— Apollinaire ?

Véra avait posé une main sur son épaule. Elle discutait avec Rachida, à l'écart des danseurs.

— On a reçu un message de Zlato cet après-midi, expliqua-t-elle.

Apollinaire la regarda, dans l'expectative. Il avait déjà entendu parler de Zlato – la base russe située à l'intérieur des terres, et leur plus proche voisin. Jamais d'échanges directs entre Ubunto et eux.

— Ils pensent avoir trouvé les restes d'un campement, reprit l'archéologue. Un cairn, plus exactement. Il n'est pas impossible qu'on aille y faire un tour d'ici quelques semaines, pour voir s'il y a un lien avec l'épave.

— À trois cents kilomètres ?

Véra hocha la tête, son halo mauve irisé d'éclats jaunes et de volutes aussi bleutées qu'un morceau de banquise en train de fondre. Décidément, tout le monde semblait déteindre sur son voisin cette journée-là.

Il tâcha de se concentrer sur ce qu'il venait d'apprendre, croisa le regard vif de sa supérieure : à quoi pouvait ressembler l'Antarctique, aussi loin vers le sud ?

3.

Des voix et des couleurs

À son échelle géologique, l'intrusion des humains aux franges de l'Antarctique était un épiphénomène.

Ces débuts, il faut dire, avaient mal commencé : dès les prémices du vingtième siècle, les baleiniers et les chasseurs décimèrent en trente ans les colonies de phoques de Géorgie du Sud qui rêvaient là depuis des millénaires.

Comme les explorateurs auxquels ils avaient succédé, les marins qui voguaient vers les rives du nouveau continent étaient portés par un désir de découverte, de conquête et d'enrichissement. Les expéditions s'enchaînèrent pour marquer d'un drapeau de nouveaux territoires, rapporter peaux et viandes en Occident, et tenter de comprendre un espace à la géographie plus qu'inhospitalière.

Que faire d'un monde à la blancheur si crue, aux falaises rugissantes et à la beauté si avide qu'elle pouvait se refermer sur vous comme un piège ? Que faire du chant des baleines et du grondement des icebergs lorsqu'on les entendait ?

Aimer ne signifie pas toujours comprendre, entendre et écouter sont deux faces de la même sensation. Seul le passage du temps, aidé de quelques lois physiques, permet à la Terre de tourner, aux couleurs de s'épanouir, aux sons de voyager, et au vide de s'emplir de présences.

Le temps, le vide, se trouvent en abondance en Antarctique. Serait-ce pour cette raison que, contre toute attente, l'humanité y cherche une troisième voie ?

7

Johanne leva les yeux vers le bloc bleu géant, interdite. Les autres glaciologues partageaient son silence. Elle ancra un peu plus ses deux pieds dans la glace pour sentir le sol ferme – avant de se rappeler qu'il n'y avait que cette fine peau d'hiver entre la mer et eux.

— Celui-ci est très vieux, murmura Hilde à côté d'elle.

La documentariste se ressaisit et tendit son micro.

— Ça veut dire quoi, très vieux ?

— Quinze mille ans.

Johanne hocha la tête, happée par la lumière qui irradiait des flancs compacts. Une lampe semblait cachée à l'intérieur. La couleur de l'iceberg allait de l'outremer au bleu azur, jusqu'au turquoise très dilué près des arêtes. Elle se força à expirer, prenant conscience qu'elle retenait son souffle. Elle n'avait jamais vu une matière aussi sombre et brillante à la fois – transparente, et pourtant tellement dense que les rayons du soleil blanc semblaient s'y être emprisonnés.

Hilde lui expliqua que la couleur des icebergs variait selon leur âge : la blancheur du D-32, au large, était due aux bulles d'air piégées dans ses parois. Après des millénaires de compression, ces dernières finissaient par s'échapper. La glace prenait alors une couleur bleue.

— Celui-ci est plus dense qu'un jeune iceberg, alors ?

— Exactement.

— Combien… Combien de temps lui reste-t-il ?

— Probablement deux ans. Tous les icebergs fondent rapidement une fois qu'ils se sont détachés du glacier mère.

— Deux ans, répéta Johanne.

Daniel, le second glaciologue, contourna prudemment le D-20 par la gauche. Léa ouvrit les sacs pour préparer le matériel ; la jeune fille assistait les deux chercheurs.

La banquise s'étendait autour d'eux, lissée par la tempête et les amas de neige récente. À moins de cinq cents mètres, les reliefs de la base émergeaient sur son isthme rocheux. De l'autre côté de la baie, le chantier du *White Out* restait invisible à l'œil nu. Johanne l'avait entraperçu depuis les airs lors de son arrivée.

C'était une chose étrange que de voir cette montagne ainsi emprisonnée par l'océan solide. Et une chose plus curieuse encore d'imaginer sa base massive en dessous d'eux, brassée par l'eau salée.

La documentariste s'agenouilla, réajusta ses écouteurs sous son bonnet et tendit son micro près du sol. Les pas de Daniel et Léa lui parvinrent, entrecoupés par les rafales.

— Le D-20 s'est beaucoup déplacé avec la banquise, expliqua Hilde à Johanne comme elle se relevait. Il était à deux cents mètres le mois dernier, quand nous avons posé les premiers capteurs…

La glaciologue s'interrompit pour rejoindre Léa comme la jeune fille lui faisait signe, et vérifier le matériel qu'elle lui tendait. Daniel se tenait accroupi à quinze mètres de là. Johanne avança prudemment vers lui en suivant ses empreintes. Ses yeux tournés vers le D-20 scrutaient les parois de l'iceberg.

— Qu'est-ce que tu regardes ? demanda-t-elle, approchant discrètement son micro.

Un sourire plissa le visage buriné du glaciologue ; les rides se creusèrent un peu plus au coin de ses paupières. Il sortit de sa poche deux écouteurs et les tendit à la jeune femme pour toute réponse. Tandis qu'elle les glissait sous son bonnet, il retira un gant pour manipuler son téléphone. Un rythme grave et lancinant monta aux oreilles de Johanne : une note tenue plutôt qu'une mélodie.

— Qu'est-ce que tu entends ? demanda-t-il en retour.

Johanne écouta un instant l'étrange mélopée.

— Quelque chose entre le chant d'une baleine et le cor de chasse, décrivit-elle.

Il opina.

— Le D-32, celui qui est au large, ressemble au timbre d'un dauphin.

— Chaque iceberg a sa voix, tu veux dire ?

— D'une certaine façon.

Lorsqu'elle l'avait croisé à la cafétéria deux jours plus tôt, Daniel Adams avait brièvement expliqué à Johanne le fondement de ses recherches. Les sismographes et hydrophones qu'il posait avec Hilde à la surface des icebergs, ou à proximité, leur permettaient d'analyser une grande quantité de données : des ondes et vibrations transformées en signaux électriques, eux-mêmes accélérés mille deux cents fois. Cette ruse rendait audible à une oreille humaine les fréquences les plus basses émises par les icebergs.

— Cette voix, c'est le bruit que produit le D-20 en ce moment même ?

— Non. J'ai obtenu cette piste à l'aide des enregistrements du mois dernier. Il y a un décalage.

Johanne inclina la tête, attentive aux grondements irréguliers qui battaient comme un cœur dans son oreille. Pour un iceberg de quinze mille ans qui s'exprimait mille fois plus lentement qu'un humain, un mois d'écart ne devait pas faire une grande différence

— Qu'est-ce qu'il raconte, d'après toi ?

Daniel haussa les épaules.

— Qu'il vit, qu'il se déplace, qu'il se fissure de l'intérieur, qu'il donnera bientôt naissance à un nouvel iceberg… Ce genre de choses, énuméra le glaciologue. Pour être honnête, j'apprends encore sa langue et je suis loin d'avoir tout compris.

Johanne observa Daniel ; son visage rayonnait d'une tout autre façon que dans l'enceinte de la base, où il s'était surtout confié sur les aspects techniques de ses recherches. Ses pommettes larges et ses yeux effilés suggéraient des ascendances asiatiques. La documentariste savait simplement de Daniel qu'il était franco-canadien et qu'il étudiait l'acoustique des glaciers depuis un quart de siècle. Hilde s'intéressait plutôt à leur composition chimique, qu'elle mesurait en conduisant des prélèvements sur les eaux de fonte.

Léa et Hilde leur firent un signe, et ils se redressèrent pour les rejoindre. Les deux femmes avaient disposé sur la glace trois boîtes de conserve de forme tubulaire, qui luisaient violemment sous le soleil à son zénith. Daniel saisit la longue perceuse manuelle à hélice qu'ils avaient apportée.

— On va mettre deux hydrophones sous l'eau tout près du D-20, expliqua Hilde. Et un troisième un peu plus loin.

— Il n'y a pas de risque que la banquise se fissure ?

— Disons que c'est un risque mesuré. Le terrain est toujours incertain à côté des icebergs, mais on n'a pas vraiment le choix si on veut faire notre travail.

La banquise, quoique épaisse – ils avaient vérifié sa profondeur avant de s'y aventurer –, s'était plissée en maints endroits de part et d'autre du D-20 : si les brèches s'étaient rapidement ressoudées, les environs faisaient l'effet d'un champ de bataille. Les glaciologues lui précisèrent que les bas-fonds où s'était encastré l'iceberg et les glaces qui l'entouraient contribuaient toutefois à le stabiliser.

Johanne hocha la tête sans ressentir de réelle inquiétude. Son plongeon en eau froide ne remontait qu'à quelques jours et lui faisait encore l'effet d'un rêve. Elle savait qu'un iceberg, en théorie, pouvait se fendre ou même se retourner à tout moment. Ses yeux revinrent vers la masse bleue compacte : l'envie de s'approcher ne cessait de grandir depuis qu'elle l'avait vue.

— C'est impossible d'aller trop près, n'est-ce pas ?

Hilde et Daniel échangèrent un regard.

La scientifique lui fit un signe. Johanne la suivit, étonnée. Elles s'arrêtèrent à cinquante centimètres du D-20, dans l'ombre bleue de la montagne. La documentariste sentit une haleine froide sur son visage, leva la tête vers le sommet deux mètres au-dessus d'elle. Son propre souffle devint un infime filet d'air. Elle retira doucement son gant thermique, posa avec appréhension un doigt puis finalement sa main entière sur la paroi.

Le froid la mordit tout d'abord ; passé le premier choc, la glace était d'une douceur infinie. Les yeux de Johanne s'égarèrent dans les microfissures à quelques centimètres de la surface, témoins des mouvements incessants sous l'épiderme. Elle ressentit avec une acuité troublante chacun des tremblements qui parcouraient ses propres muscles sous la combinaison. La géante devant elle semblait la lire et la sonder, unilatéralement. Le corps de l'iceberg était trop dense, trop grand : impénétrable.

Comme sa paume glissait lentement vers la droite, Johanne sentit un voile liquide entre sa peau et celle de l'iceberg : des larmes de quinze mille ans transportées jusqu'ici, réveillées à l'instant par sa propre chaleur.

Elle retira sa main, troublée.

Hilde sourit et signala à sa voisine qu'il était temps de laisser le D-20 tranquille.

— Tu te doutes bien, mon grand, qu'Ubunto-bay n'est pas l'endroit rêvé pour cacher ses problèmes ?

Rachida soupira, s'en voulut pour ses mots infantilisants et rectifia le ton :

— Ce que j'essaye de dire, Apollinaire, c'est qu'on ne peut pas se permettre de voir des saisonniers sombrer dans la mélancolie sans réagir. Les conditions sont rudes, ton état mental importe autant que ta santé physique, crois-moi. Tout le monde a des coups de mou à Ubunto, et c'est la chose la plus normale du monde. Mon rôle à moi, c'est de t'accompagner pour que tu puisses assurer jusqu'au bout. Explique-moi, s'il te plaît.

La doctoresse marqua une pause, sembla se souvenir de quelque chose, ajouta sur un ton d'évidence :

— Et tout ce que tu dis reste entre nous, évidemment.

Apollinaire releva le nez de ses genoux. C'était la deuxième fois que Rachida le convoquait en une semaine. La doctoresse n'avait pas insisté à sa première visite, acceptant son excuse de la migraine carabinée. Il comprit qu'elle serait cette fois-ci plus tenace, tenta :

— Tu me garantis que c'est vrai ?

— Quoi donc ?

— Quoi que je dise, ça reste confidentiel ?

— Ça s'appelle le secret médical. À moins que tu ne portes un virus contagieux, tu peux me faire confiance.

Apollinaire hocha la tête et accepta enfin de croiser son regard. Il observa le halo vert autour des cheveux noirs de la cheffe de mission. C'était une belle couleur – à la fois dense et rayonnante, plus étendue et lumineuse que la plupart de ses semblables. Il décida d'y voir un signe de confiance.

— Ça te paraît possible que le climat en Antarctique… change quelque chose, disons, à la façon de voir ?

— La façon de voir ?

Un ange passa.

— Tu as des hallucinations, c'est ça ? fit-elle sur un ton naturel, comme s'il lui parlait d'urticaire ou de problèmes de digestion.

Comme il ne démentait pas, la médecin pencha la tête sur le côté – à la manière d'un savant fou prenant son élan cérébral avant de se lancer dans une très longue explication. Au nord comme au sud, les étendues de glace provoquaient quelquefois les troubles visuels les plus variés : la monotonie des surfaces renversait les échelles et la perception des distances. Le regard à l'affût d'une prise où s'accrocher distinguait des silhouettes, des animaux, parfois même des chaînes de montagnes, là où flottait seulement le vide. Les récits d'explorateurs du dix-neuvième et du vingtième siècle étaient remplis de témoignages de ce genre. Des matelots pris dans les glaces notaient dans leurs carnets leurs états d'âme et leurs visions surnaturelles au milieu de la brume. Les premiers capitaines à rencontrer des icebergs avaient d'abord cru reconnaître dans ces géants des cathédrales, des monuments, les reliefs d'un visage. Certains navigateurs renoncèrent même à la poursuite de leurs explorations, convaincus qu'une falaise leur barrait le chemin, jusqu'à ce qu'une autre expédition démontre le contraire.

Apollinaire écarquilla les yeux tandis que Rachida développait ses exemples.

— Donc, pour répondre à ta question : oui, il est possible de percevoir des choses inhabituelles en Antarctique, qui prennent entre autres la forme d'hallucinations.

Le regard du jeune homme se perdit un instant dans la chevelure sombre et abondante de sa voisine. Les nuées vert émeraude s'en dégageaient en continu comme la brume d'une forêt tropicale. Apollinaire réfléchit un instant à ce qu'elle venait de dire. Ils n'étaient pas sur la banquise, ni à bord d'un navire confronté aux icebergs. La chaleur de la pièce était réconfortante, les quatre murs, le tissu sur les chaises, les affiches épinglées, tout ce qu'il y avait de plus humain et familier. Se pouvait-il qu'il soit victime d'une hallucination à l'instant même ? Que l'effet des journées passées en extérieur près du *White Out* se poursuive à la base, pour le désorienter ici ? Il n'avait pourtant rien vu d'autre sur la banquise, si ce n'est ce vertige récurrent des grands espaces. Apollinaire aurait malgré tout accepté cette explication avec reconnaissance s'il n'avait à l'esprit les antécédents de Mayotte, apparus peu après le départ de sa mère.

— Qu'est-ce que tu as vu au juste ? relança Rachida d'une voix plus douce.

Il se gratta la tête, s'arrêta aussitôt en distinguant des pellicules tomber sur ses épaules.

— Le genre de choses que tu décris. En fait, j'ai cru voir des gens sur des traîneaux, et peu après des animaux. Un ours. Je me suis dit que je déraillais.

La doctoresse fronça les sourcils avec un mélange de tendresse et de suspicion.

— Qu'est-ce que tu as vu d'autre ?

— Je trouve que c'est déjà pas mal, releva-t-il, embarrassé de son propre mensonge.

— Et c'est ça qui te met dans des états pareils ?

Apollinaire haussa les épaules, sentant monter en lui la culpabilité. Il se souvenait très bien des conseils de Dilma concernant ses visions enfantines : n'en parler à personne, amis comme inconnus. Par-dessus tout, absolument jamais à un Occidental. Leur famille descendait d'une lignée de *mwalimu duniya*, de savants guérisseurs. Mais les gens se méfiaient du monde de l'invisible et de ses interprètes.

Tandis que Rachida mesurait sa tension et écoutait son cœur, Apollinaire songea qu'il n'était un danger pour personne. Faire preuve de réserve était son droit.

Il se pouvait très bien que le phénomène disparaisse d'ici son départ d'Antarctique : en attendant, les nausées prodigieuses qui l'avaient secoué les premières fois avaient fini par s'atténuer. Il revenait désormais dîner au réfectoire sans ressentir d'autres effets que celui d'une fatigue passagère.

— Suis la trajectoire de mon doigt, commanda Rachida, arrachant son patient à ses pensées.

La doctoresse demanda au jeune homme d'écarquiller les yeux puis envoya dans ses prunelles un souffle d'air. Il essuya ses larmes.

— Ta vue périphérique, rien à signaler ?

— Non.

— Tu n'as pas eu d'autres migraines depuis la dernière fois ? Ni de vomissements ?

— Non plus.

— Bon. Je te fais un fond d'œil au cas où, on n'est jamais trop prudent.

Elle se leva pour fouiller son armoire à pharmacie. Apollinaire détourna les yeux pour regarder par la fenêtre. Le désarroi qu'il ressentait lui rappelait son arrivée en France. Il pensa à Léa et Corentin probablement en train de jouer aux cartes ou bien de se raconter leur journée. Chaque fois qu'il les croisait, Léa était fuchsia, comme Dilma, et Corentin jaune vif. Cette palette-là était devenue une évidence, bien qu'il ne parvienne pas à s'expliquer la cohérence indescriptible qui émanait de ces visions. Il avait soigneusement évité ses amis les jours derniers. L'épisode désastreux du saut dans la banquise n'avait aidé en rien.

Le jeune homme grimaça au contact du liquide que Rachida venait de déposer sur ses prunelles ; il se retint de secouer la tête. Ce voyage, l'Antarctique était son rêve. Il fallait qu'il se ressaisisse.

7

— Et là, qu'est-ce que tu fais ?

— J'enlève la dernière couche de sédiments avant le bois. On regarde ce qu'il y a dedans, on note dans un carnet, on prend quelques photos, ensuite…

Oliver releva le nez vers la documentariste accroupie près de lui. Un éclat de soleil s'accrocha dans sa boucle d'oreille pour rebondir dans l'œil de Johanne, qui s'écarta de quelques centimètres.

— Ensuite ?

— On passe à la couche archéologique : on analyse l'essence du bois, on essaye de comprendre l'assemblage du bateau. Ça nous permet, entre autres, de trouver des indices sur l'époque et l'endroit où on l'a fabriqué. Les sédiments donnent aussi une idée de la date du naufrage. Ici, on a affaire à une forme de sable coquillé. Ce qui n'a rien à voir, note bien, avec la tourbe du niveau précédent.

Johanne sourit et releva les yeux vers le *White Out*. Il était très facile de faire parler l'archéologue. Un air latin s'échappait de ses gestes et de sa personnalité, posant un étonnant contraste avec son accent germanique.

L'épave s'étirait au milieu des rochers et des lambeaux de terre gelée dont on avait ôté la carapace de glace : le flanc droit du navire était partiellement enseveli, mais une bonne partie du bord gauche exhibait une carcasse grisâtre qui semblait sur le point de tomber en poussière. Oliver travaillait sur la proue, Ludovic besognait en silence à l'arrière. Apollinaire se tenait accroupi à côté de Véra à mi-distance.

Hormis l'emplacement quadrillé du chantier, la banquise s'étirait autour d'eux. Ils se trouvaient sur une presqu'île semblable à celle où était établie la base huit kilomètres à l'est, de l'autre côté de la baie. La vue des sédiments, des roches et des eaux libres au loin figurait des balises rassurantes dans cet immense paysage blanc. Quant à l'épave, sa présence dans une zone si reculée était aussi apaisante qu'incongrue.

Johanne se demanda à quoi ressemblerait Ubuntobay si les équipes de techniciens cessaient d'entretenir les lieux plus de quelques années. Lorsqu'elle exerçait encore la fonction d'interprète en zone de conflit, elle avait vu des incendies et des bombardements transformer le visage d'une ville sous ses yeux, éventrer les salons, recouvrir de poussière les meubles et les objets du quotidien. La minutie et la délicatesse avec laquelle l'équipe d'archéologues examinait ces fragments du passé étaient sans commune mesure avec ces vastes étendues de présent soufflées en une minute, et leurs décombres qu'on prenait si rarement le temps de fouiller, hormis pour retrouver des corps.

— Qu'est-ce qu'il peut rester d'un navire piégé si longtemps dans la glace ? reprit-elle à l'adresse d'Oliver, veillant à suivre ses mouvements pour garder le micro à une vingtaine de centimètres de ses lèvres.

— Toutes les superstructures ont disparu, ça, c'est certain. Nous travaillons principalement sur le fond de carène. Quand il sera entièrement découvert, le bateau va s'ouvrir comme un livre, si tu veux : la reliure correspond à la quille. Les pages restantes, c'est ce qu'il reste du fond du bateau.

Les analyses réalisées sur quelques prélèvements laissaient présumer une structure de la fin du dix-neuvième ou du début du vingtième siècle, lui avait expliqué Oliver en début de journée. Les premières mesures, quant à elles, avaient permis d'évaluer la taille du navire à vingt-trois mètres. Par-dessus ce fond de vérité, diverses spéculations pouvaient prendre racine sous l'épaisseur des sédiments : Véra et Ludovic pensaient à un navire marchand, quand Oliver penchait pour une goélette d'explorateurs. Bien qu'improbable, la possibilité d'un navire de guerre égaré n'était pas exclue pour autant. Seule l'hypothèse d'un baleinier avait été vite écartée. Quant aux raisons du naufrage du *White Out*, elles pouvaient aussi bien s'expliquer par la rencontre avec un iceberg – si la confrontation avait eu lieu près du rivage, le bateau avait dû faire le choix de venir s'y échouer – que par les ravages d'une tempête ou d'un incendie.

— Pourquoi est-ce que l'équipage aurait choisi de s'échouer sur la rive ?

— Tout simplement pour ne pas sombrer au fond des eaux si le bateau était déjà perdu. C'est ce qui est arrivé à la plupart des embarcations piégées par la banquise et broyées par la glace. Contrairement au *White Out*, ces vestiges-là ont disparu ; même si on envoie quelquefois des sous-marins pour chercher les décombres.

En attendant d'en savoir plus, on avait baptisé l'épave du nom de ce brouillard capable d'effacer jusqu'aux contours d'un homme en quête de lui-même.

— Et l'équipage ? relança Johanne. Qu'est-ce qu'il est devenu ?

Oliver haussa les épaules.

— C'est toute la question. Ça m'étonnerait que des hommes soient restés là-dedans pour mourir. Ils ont dû essayer de s'enfuir, de chercher des secours… On manque de preuves pour le moment.

Elle releva les yeux vers Apollinaire qui marchait dans leur direction. Le volontaire semblait en meilleure forme que les jours précédents : il avait retrouvé son visage souriant et curieux. Hormis leur bref échange suite au plongeon, Johanne n'avait pas retrouvé d'occasion de venir lui parler. Elle ne l'avait pas davantage croisé dans les espaces communs, sauf en de rares exceptions où le garçon rasait littéralement les murs.

Apollinaire s'arrêta à quelques mètres d'eux.

— Véra a trouvé quelque chose.

— Des clous ? hasarda Oliver.

— Mieux que ça !

L'archéologue haussa les sourcils. Ils le suivirent vers la zone concernée. Véra se tenait accroupie dans son carré de fouille. On aurait pu penser qu'elle travaillait comme d'habitude si elle n'avait pas enfilé une paire de gants de plastique fins au lieu de l'habituel tissu thermique.

La charpente du bois saillait ici plus fortement, comme un squelette quasiment nu ; la chercheuse avait dû progresser particulièrement vite. Le regard pouvait suivre la ligne incurvée de la coque, dégagée sur un mètre du côté extérieur, couverte de sédiments et de débris à l'intérieur.

Le regard de Véra était fiché dans une petite anfractuosité entre la paroi principale et une seconde latte de bois, qui émergeait seulement de quelques centimètres au-dessus des débris. Une mince rainure où l'on pouvait tout juste glisser un doigt courait entre les deux.

Oliver se pencha à côté de Véra et scruta l'intérieur de la fente qu'elle avait commencé à nettoyer. Un froncement incrédule glissa sur son profil.

— Un dé ?

Johanne plaça sa main en paravent pour atténuer le bruit du vent autour de son micro, continuant de saisir le silence – un flottement merveilleux. Véra sembla se souvenir de sa présence.

— Les marins n'avaient pas le droit de jouer sur les bateaux, précisa-t-elle à son attention. Une règle d'or pour éviter les disputes.

— Un matelot du *White Out* aurait caché son dé ici pour ne pas se faire prendre ? suggéra Apollinaire.

— On dirait bien.

Deux matelots en fond de cale, jouant à l'abri des regards. La base et ses rivages ne devaient être qu'une courbe sur une carte à cette époque. Depuis combien de temps naviguaient-ils, et dans quel but ? L'ennui et le besoin de distraction l'avaient-ils emporté sur le reste ? Johanne se figura un visage sale, des ongles noirs, deux yeux fatigués mais brillants : la paume qui avait soupesé ce dé était peut-être celle d'un jeune homme du même âge qu'Apollinaire, poussé par l'aventure ou une étrange forme de désespoir.

La documentariste avait eu vent de l'annonce légendaire du plus célèbre explorateur de l'Antarctique,

Sir Ernest Shackleton, publiée dans la presse à l'aube de la Première Guerre mondiale : *Recherche hommes pour voyage périlleux. Petits gages. Froid rigoureux. Longs mois de totale obscurité. Dangers permanents. Retour incertain. Honneur et reconnaissance en cas de succès.*

Le capitaine avait eu l'embarras du choix : sur cinq mille candidatures, il n'en avait retenu que cinquante-six. L'histoire racontait que le navire de Shackleton avait été piégé de longs mois dans les glaces, avant d'être broyé et de sombrer sous l'océan. Son équipage avait erré sur la banquise, dévoré ses propres chiens de traîneau, enduré les pires épreuves pour gagner finalement une île sur quelques canots de sauvetage – et enfin être secouru. La survie des matelots relevait du miracle.

La jeune femme nota de relire des passages de *L'Odyssée de l'Endurance* – elle avait repéré l'ouvrage dans la bibliothèque – avant de reporter son attention sur les archéologues : avec délicatesse, Véra continuait de nettoyer l'anfractuosité où se trouvait le dé, pour extraire l'artefact.

— On dirait de la pierre, non ? suggéra Apollinaire, éclairant patiemment la fente où s'insinuait la pince.

— De l'os, plutôt.

Tous les yeux se tendirent vers l'objet cependant que Véra le déposait dans une petite boîte transparente tapissée d'ouate.

— Curieux, comme notre humanité se condense quelquefois dans d'aussi petites choses, releva-t-elle, émue.

Johanne détourna les yeux. Le souvenir d'une poignée de cailloux tout au fond de sa poche effleura sa mémoire dans un bruit cristallin, avant de se dissoudre dans le vent.

4.

Songe polyglotte

Apollinaire sentait le vent sur sa peau nue et le soleil cuire ses épaules. Sa main traînait dans l'océan qui clapotait contre la barque ; la fraîcheur chatouillait la jointure de ses doigts.

Il porta un peu d'eau à sa nuque. Son grand-oncle rapiéçait un filet et leur bateau tanguait de droite à gauche, de gauche à droite, inlassablement.

Petite-Terre avait quasiment disparu ; Apollinaire la savait proche et il n'avait pas peur. La mer murmurait tout autour. Elle était ce jour-là de bonne humeur, joyeuse et accueillante.

Il plongea dans les vagues sans réfléchir. Son oncle continuait de fixer l'horizon. Le jeune homme prit une grande inspiration et s'enfonça sous la coque du bateau, attiré par les profondeurs.

Quand il releva les yeux, des taches de lumière blanche dansaient autour de la barque, devenue une ombre oblongue au-dessus de sa tête. En dessous, le monde était d'un bleu si dense qu'il en devenait un nuage d'encre à la transparence incertaine. Apollinaire continua, sans se soucier de l'oxygène qu'il lui faudrait pour le retour et de la solitude inévitable des grands fonds.

Après une distance imprécise et un nombre de brasses supérieur à tous les jours d'une vie, il aperçut enfin le vieux volcan sur le sol sous-marin. Une lave dense et visqueuse rougeoyait sur ses flancs comme un bon feu de bois, opposant aux ténèbres une lumière chaude. Il la fixa longtemps, fasciné. Près du sommet, un curieux bloc de pierre échappait au magma. Les langues de roche fondue le contournaient : elles coulaient tout autour, à la manière d'un fleuve épargnant un îlot. Seules quelques bulles de feu gonflaient et éclataient paresseusement tout autour de la roche.

Apollinaire se rapprocha en quelques brasses. Des inscriptions dans une langue inconnue se détachaient à la surface de la stèle. Il allait tendre la main, peut-être la toucher. Il désirait sentir le relief de ces lettres, persuadé ainsi de déchiffrer leur sens et de savoir qui se tenait dessous.

Des chuchotements dans le couloir le tirèrent du sommeil. Une volée de pas pressés dépassa sa chambre, un rire retentit. Le grincement d'une porte qu'on ouvrait et refermait suivit quelques secondes plus tard ; puis le silence revint.

Apollinaire ferma les yeux, tenta de s'immerger à nouveau dans son rêve. Mais le souvenir de son départ tout proche pour Zlato s'insinua à la place, dissolvant ses visions sous-marines. Son cœur battit plus fort contre son torse, comme un poisson-pilote sur le qui-vive.

Aussi unique et intrigante qu'elle soit, la perspective de ce voyage dans le voyage l'inquiétait autant qu'elle le faisait rêver. On ne savait jamais quels changements irrémédiables pouvaient faire irruption en votre absence. Malgré tout, il avait affirmé à raison à Rachida qu'il se sentait bien mieux depuis leur dernière discussion et qu'il rêverait d'accompagner les autres archéologues dans cette mission à l'intérieur du continent.

Il se tourna sur le côté et murmura à l'oreiller les quelques mots de russe qui lui avait appris Johanne – comme une incantation pour rappeler le sommeil.

7

— Ça faisait longtemps ?

— En Antarctique, tu es le premier.

Johanne s'étira dans le lit. Elle s'appuya sur le coude, posa son visage dans sa paume. La main de l'archéologue glissa contre son flanc. La dernière fois qu'elle avait fait l'amour, songea-t-elle, c'était en Russie orientale, avec une Canadienne.

— Et toi ? lança-t-elle en allemand à Oliver.

— *Das gleiche*, répondit-il sans sourciller.

Sur le matelas étroit, leurs deux corps reposaient l'un près de l'autre, leur nudité à demi oubliée sous les couvertures. Johanne approcha son visage d'Oliver, mêla plusieurs secondes son souffle au sien avant de l'embrasser. L'archéologue passa sa main entre ses omoplates, remonta vers la nuque.

— Comment as-tu si bien appris l'allemand, d'ailleurs ?

— Goethe y est pour beaucoup.

— Il y avait forcément un amour de jeunesse là derrière.

— L'amour de l'aventure, alors. Pour mon premier job à l'ONU, c'était indispensable.

Il hocha lentement la tête.

— Tu as une préférence ? De langue à employer, en fonction du contexte ?

Elle caressa du pouce le contour de ses lèvres et réfléchit quelques instants.

— Le russe et le français pour réfléchir. L'anglais pour débattre, le persan et l'espagnol pour la poésie, les divagations… Ta langue pour faire l'amour, c'est bien.

L'archéologue sourit. Johanne le regarda, indécise. C'était objectivement un homme charmant. Passionné par son métier, drôle, moins sûr de lui qu'il ne laissait paraître ; visiblement hyperactif, et séducteur. Les personnes qu'elle avait fréquentées étaient généralement plus âpres, plus blessées par la vie. Elle ignorait si Oliver lui aurait plu dans un autre contexte.

Elle se hissa sur lui, sentant le désir affluer dans son ventre, glissa les doigts dans ses cheveux collés par la sueur. Les volets clos entretenaient l'illusion qu'ils étaient au milieu de la nuit – qu'ils pouvaient être n'importe où.

Quand ils avaient flirté dix jours plus tôt, l'envie de faire l'amour l'avait traversée brutalement. La fête battait son plein dans le réfectoire. Elle avait avalé plusieurs gorgées de bière, tempéré son désir. Elle se sentait encore sous l'effet de son bain glacial.

Elle n'avait pas pour habitude de coucher avec les protagonistes de ses sujets documentaires. L'Antarctique, décidément, n'était pas un terrain comme les autres. Elle pensait mettre Apollinaire au centre des scènes du *White Out* : sa spontanéité et sa jeunesse apportaient un regard moins technique, plus sensible sur le chantier. Ce choix présentait aussi l'avantage d'autoriser des dérapages comme celui de cette nuit.

Ils firent l'amour une seconde fois, plus longuement. Lorsqu'elle jouit, Johanne crut voir le plafond s'envoler et son regard monter au-dessus de la base : deux corps enchevêtrés et haletant dans ce carré de chambre surgi de pièces en enfilade. Les autres bâtiments perchés sur la presqu'île. La banquise tout autour, brisée et morcelée comme un champ de bataille. De l'autre côté, les terres gelées et blanches jusqu'à la barrière des montagnes. L'absence de civilisation aussi loin que portait le regard et bien plus loin encore que l'entendement. Seulement une colonie de manchots Adélie à quelques kilomètres qui copulaient peut-être au même instant, et se sentaient aussi vivants que cet homme et cette femme écroulés l'un sur l'autre.

Johanne enfouit sa joue dans la poitrine de son voisin, colla ses jambes à ses mollets pour profiter de sa chaleur. Oliver se dégagea doucement pour jeter son préservatif. Il revint vers le lit, se glissa à nouveau sous les couvertures et la prit dans ses bras.

— Je suis presque déçu, remarqua-t-il. De partir demain.

— C'est toujours moi qui pars, d'habitude.

Il tordit légèrement le cou pour la regarder.

— Ah oui. Quand tu faisais des reportages. Ça n'a pas dû être simple, pour la vie sentimentale.

Elle inclina la tête. En vérité, elle n'aurait pas passé la nuit avec l'archéologue si elle n'avait pas l'assurance qu'il s'en allait pour deux semaines le lendemain.

— Tu ne regrettes pas de ne pas venir ? murmura-t-il. À Zlato, avec nous ?

— Il n'y a que quatre places dans l'hélicoptère.

— Ça ne change pas la question.

Elle haussa les épaules, les yeux entrebâillés.

— Il y a largement de quoi faire par ici.

Bien sûr, Johanne s'était interrogée. Un tel voyage à l'intérieur des terres était une opportunité unique. La joie fébrile d'Apollinaire d'être de l'aventure l'avait aidée à se décider. Persévérer en un seul lieu changeait aussi ses habitudes ; après deux semaines pleines à Ubunto, il lui semblait qu'aucune journée de plus ne serait superflue d'ici à son départ pour tenter de saisir l'essence de cet endroit.

— Tu nous aurais aidés avec le russe, là-bas.

— Ils parlent sûrement très bien anglais, fit Johanne en bâillant. Mes langues ne servent pas à grand-chose, ici.

Oliver l'observa sombrer dans le sommeil ; son corps sec et nerveux si brûlant tout à l'heure s'affaisser contre lui. Ses cheveux courts désordonnés déjà plus longs que le jour de son arrivée ; sa nuque gracile, sa poitrine mince collée contre son buste, et toutes les cicatrices qu'il avait découvertes sur son corps. Il retint la myriade de questions sur le seuil de ses lèvres qu'il lui poserait peut-être un jour ; plus tard. Pas aujourd'hui dans tous les cas.

Un être au grand corps gris nageait paisiblement entre les lambeaux de banquise.

À chaque minute, sa gorge se déployait pour absorber le krill nourri en abondance par le sang des glaciers. L'eau glissait sous son ventre tandis qu'il remontait vers la membrane de la surface, mouchetée de glaces et de lumière.

Son corps souple ondulait entre les obstacles : plus petit que les autres baleines, il ressentait comme elles l'existence de chaque être, chaque rive et chaque iceberg grâce au sonar de son museau. Il savait la présence de ses sœurs à cinquante kilomètres de là, et gardait en mémoire celle de ces coques de bois et de métal qui les avaient conduits à déserter les eaux australes. Un nouveau spécimen au ventre orange surgissait quelquefois du bord de côte, tournait autour d'un iceberg puis repartait d'où il était venu.

Sans même chercher à se nourrir, il laissait simplement les eaux plus agitées dans son sillage.

Le rorqual avait une seule fois signalé sa présence par un discret geyser, entonné le plus simple des chants à moins de trois cents mètres. Rien ne s'était produit.

Depuis des siècles, ces curieux prédateurs renouvelaient la texture de leur peau, progressaient en vitesse et en agilité, mais demeuraient inaptes aux formes de communication les plus basiques. Voilà des décennies qu'ils avaient néanmoins arrêté de lancer dans la mer australe ces dents brillantes qui déchiraient les siens. Du moins, sur ce bord-là du continent.

Le rorqual se souvenait du chant terrible de ses pères, racontant les eaux rouges et la rafle de milliers d'entre eux. Quel animal avait besoin de mordre tant de vies au point de vider l'océan ?

À de plus rares occasions, un poisson-pilote à la robe noire et doté d'une queue double se détachait de l'ombre oblongue, venait jusqu'à s'approcher d'eux. Sourd et muet comme son puissant allié, il paraissait du moins aussi curieux qu'inoffensif. Peut-être apprendrait-il avec le temps, et serait-il capable de justifier la source de tant d'agitation.

Le rorqual continuait de chanter, conscient que seule la langue lentement assimilée a le pouvoir d'arracher les vivants à la violence et à la solitude. Ses sœurs lui répondaient dans le lointain ; après des décennies à parcourir le monde, ils avaient fait le choix de revenir ensemble dans leurs eaux d'origine, avertis que les risques s'y étaient espacés. Leur propre langue était si vieille que la plupart d'entre eux en avaient oublié l'origine : la langue elle-même, du moins, se souvenait de tout.

5.

Les souvenirs de la glace

Le chef de mission de Zlato était d'un autre genre que Rachida : trapu, le visage large avec de grands yeux noirs, la barbe sombre et sévèrement taillée. Apollinaire serra la moufle qu'il lui tendait sous le regard de ses collègues.

— Donc, c'est toi le poète de l'équipe ? demanda-t-il sans sourire.

Il ne portait pas de chapka, mais un bonnet en laine d'une marque américaine. Son halo bleu foncé était moucheté d'orange et de gris sombre. Son anglais était fluide, précis – l'accent slave assumé.

Apollinaire aurait aimé répondre qu'il était avant tout le larbin de service ; mais il ne savait pas comment traduire cette expression, et n'était pas entièrement sûr que le Russe plaisantât. Il se présenta donc en qualité de volontaire, ajouta toutefois dans son meilleur anglais :

— J'accompagne mon équipe vers *l'infini et au-delà.*

— Si tu aimes l'infini, nous allons nous entendre, répliqua Marko Sorov.

Il tourna les talons et leur fit signe de le suivre.

La base de Zlato semblait tout droit sortie d'un très vieux film de science-fiction. Deux tours cylindriques de trois étages et une troisième plateforme rectangulaire étaient reliées entre elles par des passerelles. Apollinaire nota qu'elles étaient surélevées, comme certains bangas de Mayotte posés sur pilotis. Ce qui avait l'allure d'un gramophone géant débordait du dernier bâtiment, perçant le toit pour jaillir à l'air libre.

Du ciel, Apollinaire avait trouvé l'ensemble particulièrement laid. Il était à présent impressionné par la carrure massive des installations. Ubunto-bay faisait figure de modeste village de pêcheurs à côté d'une station spatiale.

Il s'avança avec les autres vers la tour la plus proche. L'air était lumineux, chargé de minuscules cristaux semblables à des étoiles égarées en plein jour. Hormis les silhouettes rocheuses dans leur dos, la ligne d'horizon était d'une blancheur aveuglante ; elle courait autour d'eux comme un cerceau.

Apollinaire sentit sa gorge se nouer. Le monde avait grandi – à moins que ce ne soit lui qui ait rapetissé. Ils s'arrêtèrent à mi-distance pour regarder l'hélicoptère et saluer d'un signe de la main Albane, la pilote d'Ubunto : les hélices prirent de la vitesse et la glace leur fouetta le visage, se réfugiant dans les replis de leur combinaison. Il n'était désormais plus question de rentrer.

Ils avaient voyagé une quarantaine de minutes vers l'intérieur des terres. Quarante minutes pour s'enfoncer dans un monde si lunaire et dénudé qu'Ubunto-bay s'était mué en oasis. Tout le temps du trajet, Apollinaire était resté les yeux collés à son hublot, émerveillé de reconnaître au décollage la courbe de la baie. Tandis que leur convoi obliquait vers le sud, ils avaient survolé l'inlandsis. La côte avait rapidement disparu, et avec elle les rares repères auxquels pouvait s'accrocher la raison.

La calotte glaciaire gigantesque qui recouvrait le continent s'était déployée devant eux : un monde saturé de lumière, imbibé de soleil, où les points cardinaux ne faisaient plus aucune différence. Albane poursuivait ses manœuvres, l'air de savoir où ils allaient.

Ils ne faisaient que s'éloigner de l'océan Austral pour entrer dans cette mer immobile – une mer dont ils ne frôleraient jamais rien d'autre que l'immense carapace. Les matelots du *White Out* avaient-ils vraiment pu remonter jusqu'ici ? Combien de jours de marche pour parcourir l'espace qu'ils traversaient le temps d'un songe ?

Ils pénétrèrent dans la première tour. Marko Sorov s'arrêta dans l'entrée, leur partagea quelques explications sur un ton factuel : Zlato accueillait présentement une soixantaine d'individus – trois fois plus qu'en période d'hivernage. Les rotations de l'équipe fixe ne se faisaient qu'une fois par an.

Apollinaire écoutait d'une oreille, absorbé par ce qu'il voyait. Plus vaste que celui d'Ubunto, le réfectoire semblait curieusement familier. Des dizaines de combinaisons étaient suspendues dans l'entrée, à côté d'inscriptions prolifiques sur un large tableau Velleda. Autour des tables et chaises éparpillées, une série de photos de Zlato nimbé de teintes crépusculaires ornaient les murs. Une quinzaine de personnes, principalement des hommes, bavardaient çà et là. Certains les saluèrent sans avoir l'air surpris.

Johanne mise à part, voilà longtemps qu'Apollinaire n'avait pas rencontré de nouvelles personnes. Le jeune homme ressentit un vertige. Aucun doute, les Russes produisaient eux aussi des halos colorés.

Oliver lui tapota l'épaule comme ils se dirigeaient vers la passerelle pour gagner le second bâtiment. Ils dépassèrent les sanitaires, une pharmacie et une bibliothèque puis déposèrent leurs sacs dans deux chambres à coucher mitoyennes. Dans cette deuxième tour dédiée aux soins et aux temps de repos, le chuchotement était de règle. Équipé d'un gymnase, d'une salle de projection et d'une cantine, le premier bâtiment qu'ils avaient traversé concentrait l'essentiel de la vie sociale. La base de Zlato disposait également d'une discothèque, de deux cuisines et même d'une salle de jeu. Un rêve.

Ils continuèrent la visite vers le troisième bâtiment : ils dépassèrent plusieurs labos dédiés à des travaux d'astrophysique et de glaciologie. Marko poussa la dernière porte et s'écarta pour les laisser entrer. Un couple de chercheurs en plein débat releva le nez à leur approche ; le pied articulé d'un engin cylindrique occupait un bon tiers de l'espace.

— Adna et Victor, mes collègues, présenta succinctement Marko. Et Zĕnica, le radiotélescope le plus puissant du monde.

Ils firent religieusement le tour de la machine. D'un diamètre de deux mètres, le télescope bleu électrique se prolongeait dans l'orifice taillé au-dessus du plafond. Apollinaire comprit que la corolle géante qu'il avait remarquée tout à l'heure était la face externe de l'instrument. Une demi-douzaine d'ordinateurs tournait en continu de part et d'autre de la pièce, déversant chaque seconde un flot abondant de données.

— Quelle est la différence entre un radiotélescope et un télescope classique ? demanda Véra en anglais.

Marko Sorov se lança dans une longue explication. Apollinaire n'en saisit pas grand-chose – il n'était pas certain que le français aurait aidé. Comme il tordait le cou vers l'ouverture où s'enfonçait le télescope, le chef de mission leur proposa de passer au-dehors pour voir l'installation. Ils empruntèrent un balcon latéral couvert d'une fine poudre de givre et grimpèrent l'escalier jusqu'au toit : les grands pétales argent du gramophone luisaient sous le soleil et rappelaient un hibiscus géant. Ils avancèrent sur la terrasse ceinturée de rambardes.

Apollinaire reconnut derrière eux les deux tours cylindriques. Là d'où ils se tenaient, les trois bâtiments alignés figuraient un seul bloc longiligne, comme un paquebot posé sur l'inlandsis. On pouvait réellement s'imaginer au beau milieu de l'océan : une mer blanche et compacte ondulée par les vents, profonde de deux mille mètres, vieille de millions d'années.

Oliver s'appuya près de lui à la rambarde. Après un temps de réflexion, il murmura :

— La Nature ! Elle nous environne et nous enlace…

Le jeune homme tendit l'oreille comme son ami poursuivait sur un ton théâtral :

— Elle nous parle sans cesse sans jamais nous confier son secret. De l'étoffe la plus simple, elle tirera les contrastes les plus sublimes. Elle porte en elle une vie en perpétuel mouvement et devenir ; cependant jamais elle ne relancera les dés…

Une rafale impromptue projeta une myriade de cristaux sur leur visage, qu'Oliver inhala en toussant.

— C'était quoi, ça ?

— Goethe. Révise tes classiques.

Apollinaire haussa les épaules, sourit.

— Raconte tes classiques à Johanne, plutôt.

Le halo orangé d'Oliver était cerné de reflets blancs. Quelque chose rayonnait derrière son regard impassible.

— Tu délires, fit-il en fixant l'horizon.

Le chercheur lui lança une grande tape dans le dos qui lui décolla les poumons, fit mine de le passer par-dessus bord. Ils s'esclaffèrent en rejoignant les autres à l'intérieur du bâtiment, sous l'œil imperturbable de Marko Sorov. Il fallait à présent discuter des détails de leur expédition vers les vestiges. Ce passé-là était la seule raison valable de leur présence ici – un pont jeté entre leurs mondes.

7

Johanne contempla la masse verte devant eux tandis que Hilde coupait le moteur, les yeux écarquillés.

Les vagues claquaient contre le rebord du zodiac. La documentariste s'avança à l'avant de l'embarcation, réajusta ses écouteurs sous son bonnet et tendit son micro : par-dessus le clapot, on percevait un chuchotement léger – le bruit d'un écoulement.

Le bruissement d'un feuillage agité par le vent revint à ses oreilles ; l'égouttement de la nuit et le craquement des branches sous la canopée. La brume absorbait la lumière de l'aurore, couleur sève. À cette heure-ci, sa prison vert émeraude s'illuminait de l'intérieur.

Johanne avait compté le nombre de cailloux dans sa poche : huit jours de captivité. Elle ignorait les seize autres à venir. Il était donc possible de ressentir l'émerveillement dans de telles circonstances. Elle savait qu'elle avait survécu grâce à ces brefs moments et au poids rassurant des cailloux dans sa poche. Elle les avait jetés un par un à la mer en Bretagne, exactement un an plus tard.

Johanne arracha ses yeux de l'iceberg, étourdie. Dans son dos, Daniel, Hilde et Léa n'avaient pas dit un mot et semblaient également retenir leur souffle. Derrière eux, la base d'Ubunto était encore en vue mais semblait dériver avec mélancolie. Que faisait cette émeraude monstrueuse égarée sur la mer ?

— Vous aviez déjà vu un iceberg vert ? demanda-t-elle en ramenant son micro vers l'intérieur du zodiac.

Les glaciologues secouèrent la tête.

— Je savais que ça existait ; je n'en avais jamais croisé, murmura Hilde.

— Cette couleur, d'où est-ce que ça vient ?

— On pense que ce sont les sédiments emprisonnés à l'intérieur qui lui donnent cet aspect. Et son âge.

— Le jaune des sédiments et le bleu de la glace compressée ?

— Voilà.

Au départ de l'expédition, Hilde et Daniel avaient expliqué à Johanne qu'un tout nouvel iceberg venait de se défaire du glacier Uzuri, à l'est d'Ubunto. Contrairement à ses pairs qui tombaient dans la mer en lambeaux de falaises, celui-ci avait été vêlé d'en bas : érodé à la base sous-marine du glacier par les courants, il est remonté à l'air libre tel un glaçon dans un verre d'eau.

— C'est ce genre d'iceberg qui fertilise les mers australes, précisa Hilde. Pendant des milliers d'années, il a raclé le sol du continent. L'inlandsis l'a poussé vers le large en avançant. Quand l'iceberg libère ses sédiments, il nourrit toute une chaîne alimentaire.

Johanne hocha la tête, ses yeux bleus dans les jolies prunelles vert d'eau de la chercheuse. Son regard pétillait d'énergie, comme s'il renfermait lui aussi une poudre merveilleuse.

— Et vous comptez fixer un sismographe dessus ?

— Non, celui-là est trop instable. On va se contenter de faire des prélèvements et d'accrocher un hydrophone près de la ligne de flottaison. Ce sera déjà bien.

Le silence s'étira à nouveau entre les occupants du zodiac – peuplé par les craquements de leur immense voisin. Johanne réorienta son micro vers l'iceberg : une myriade de bruits d'eau, de claquements sur les flancs revint à ses oreilles, amplifiés par la puissance de l'audiophone. À l'instar du D-20, le géant qui flottait devant eux était d'une densité impressionnante. Ses reflets progressaient de l'émeraude au vert d'eau ; quelques fragments de neige s'étaient nichés dans ses reliefs. Son souffle glissa brusquement sur le visage de Johanne, mêlé aux odeurs de la mer.

La jeune femme frissonna. Un trouble inattendu dilata sa poitrine. L'espace du zodiac lui parut soudain exigu ; l'univers y grondait à gros rouleaux, un mouvement centrifuge qui la poussait vers l'extérieur. Sa main chercha instinctivement le rebord orange vif du bateau pour sentir sous ses doigts un support ferme. Trop d'eau les entourait. Le géant l'observait fixement, avec une clairvoyance déconcertante. Johanne perçut son propre souffle avec trop d'acuité, l'eau dans ses veines attirée au-dehors. Quelque chose dans sa gorge cherchait à s'échapper. Il lui sembla que, sans ses côtes pour la maintenir en place, ses poumons et son cœur se seraient liquéfiés.

Son dos pencha mollement, doucement vers l'extérieur. Un bras l'attrapa par l'épaule : tout son corps réagit en s'affaissant mollement dans la combinaison derrière elle. Le ciel s'étira, brouillé. Il lui sembla que l'iceberg, la mer et leur fragile embarcation allaient se retourner d'un même élan.

— Johanne ! Qu'est-ce qu'il t'arrive ?

L'agitation des voix lui parvint étouffée au-dessus des claquements de la houle et des oscillations de leur zodiac. Une main lui retira ses écouteurs. Un picotement se propagea et engourdit ses muscles.

Le bruit distant d'un moteur s'éleva finalement dans son dos ; la houle s'intensifia, les vibrations du zodiac et la sensation de vitesse glissèrent sur sa combinaison. Le ciel restait uniformément bleu, le temps n'avait plus de contours. Johanne s'efforça de fixer l'éclat blanc du soleil. Un soulagement intense la submergea, lorsqu'elle n'eut d'autre choix que de fermer les yeux.

Je suis en Antarctique, au beau milieu de l'inlandsis.

Les ronflements d'Oliver sous son dos et le plafond tout proche de son visage lui rappelèrent qu'il n'était plus dans son lit habituel. Apollinaire lança un regard circulaire à la chambre et leurs bagages à peine défaits au bas du lit superposé. Le jour entrait à flots par la fenêtre, exactement comme ils l'avaient laissé en s'endormant.

Sans savoir pourquoi, il songea à sa mère et au message qu'il avait laissé sans réponse. Lui en voulait-elle encore d'être parti ici, au lieu de poursuivre ses études ? De là d'où il se trouvait, avec deux mille mètres de glace entre le sol et lui, il lui sembla étrange de s'en vouloir pour de telles raisons.

Le réveil d'Oliver diffusa dans la pièce une mélodie criarde. Apollinaire sortit du lit, complètement réveillé : comme la toute première fois qu'il avait ouvert l'œil dans sa chambre en banlieue, pour trouver des flocons dégringolant par la fenêtre. Les barres d'immeubles si ternes tout à coup scintillantes, aux allures d'affranchies couvertes de bijoux.

— On y va ?

Oliver grommela, mais s'habilla vite lui aussi. Ils descendirent au rez-de-chaussée de la tour silencieuse, gagnèrent le bâtiment voisin : à la cantine, Ludovic et Véra étaient déjà à table en compagnie de deux autres hommes, Sergueï et Vladimir. Marko Sorov s'était chargé des présentations la veille : ces deux-là devaient les escorter le matin même sur le site des vestiges, au pied d'un nunatak.

Un halo brun encerclait le visage de Vladimir, inspirant au jeune homme une vague méfiance. Le nombre réduit de femmes, l'ordre sobre qui régnait sur les lieux donnaient un aspect militaire à la base russe, bien trop stricte à son goût.

Une immense carte de l'Antarctique attira son regard derrière un autre groupe qui mangeait en silence. La cinquantaine de bases réparties sur le continent étaient représentées par d'identiques points noirs : la plupart s'égrenaient le long des côtes et de la péninsule. Quelques autres s'agrippaient aux glaces de l'intérieur, à des centaines de kilomètres de leurs pairs.

Apollinaire mit un instant à retrouver Ubunto-bay, puis Zlato au sud-ouest. En examinant la carte, il ne put s'empêcher de penser que cet amas de colonies humaines faisait figure de parasites : leur intrusion sur le continent blanc tenait à la hardiesse de leurs prédécesseurs, arrivés par la mer au siècle précédent. Combien d'entre eux avaient été broyés comme des insectes dans les filets de la banquise, sans jamais toucher la terre ferme ? Toutes ces bases scientifiques descendaient plus ou moins des premiers rêves de ces marins – quels que soient les pays qui avaient financé leur construction. C'était sur ces aïeux un peu déments que portait leur travail archéologique ; avec eux que le jeune homme commençait à sentir une forme de parenté.

Apollinaire savait qu'un traité unique en son genre avait permis, après la Seconde Guerre mondiale, de mettre un terme aux revendications territoriales qui commençaient à morceler le continent. Les bases qui s'étaient implantées en Antarctique les décennies suivantes s'étaient exclusivement dédiées à la recherche scientifique, dans une logique de coopération. Le pôle Sud sanctuarisé, un élan pacifiste avait fait suite aux premières vagues d'exploration. Il n'en savait pas beaucoup plus, mais ressentait toutefois une forme de fierté à faire partie d'un tel projet.

Toujours à ses rêveries, il croisa le regard d'un jeune homme au halo rose. Ce dernier l'observait depuis un certain temps, assis à la table voisine. Apollinaire le salua d'un signe de la tête ; l'autre lui répondit d'un geste. Son petit-déjeuner avalé, Apollinaire suivit son groupe hors de la cantine. Il comprit à rebours que l'homme-au-halo-rose avait la peau plus sombre que la sienne.

Ils descendirent vers le hangar. Apollinaire écarquilla les yeux devant la flotte de motoneiges entreposées : il accepta le casque et les lunettes que Sergueï lui tendait. Le battant latéral s'ouvrit, barbouillant tout l'espace d'une lumière aveuglante.

Apollinaire s'accrocha à la taille du guide russe tandis que leur engin démarrait doucement, les autres derrière eux. Il plissa les paupières, ébloui malgré son masque par la blancheur de l'inlandsis. Il retrouva avec exaltation la sensation du vent battant à ses oreilles, le froid griffant chaque centimètre de peau découverte, le tourbillon vertigineux du paysage. Leur convoi s'engagea vers le nord, d'où ils étaient venus. Son cœur tambourina en voyant trois pitons de roche noire grossir sur l'horizon, comme des vigiles du bout du monde.

7

Johanne se redressa sur un coude, mal à l'aise. Les murs blancs irradiaient une lumière douce. Elle remua un pied, une jambe – sentit un drap épais se froisser sur son corps. Elle reconnut l'infirmerie.

L'image de l'iceberg vert émeraude revint devant ses yeux. Elle s'affaissa de nouveau. Tenta de se souvenir précisément, en vain. La dernière scène qui lui venait était celle du zodiac qui faisait demi-tour.

Elle prit conscience avec nervosité que la sortie en mer avait dû s'interrompre par sa faute. Jamais, même en zone de conflit, elle n'avait perdu connaissance. Pourquoi se sentait-elle si fatiguée ?

Son regard balaya la pièce : aucune trace de son sac, ni de son micro. Elle referma les yeux, imagina l'ampleur des conséquences s'ils étaient tombés à la mer.

Des bruits de pas se rapprochèrent dans le couloir. Rachida pénétra dans la pièce.

— Bonjour ma belle. Comment te sens-tu ?

La documentariste se força à sourire malgré les larmes qui lui montaient aux yeux, ne sachant que répondre.

Cinq ans étaient passés depuis sa prise en otage au Venezuela. Elle travaillait encore comme interprète à cette époque, en parallèle de ses premiers documentaires sonores. Son microphone lui avait été retiré le premier jour. La violence des regards, des gestes, des interrogatoires, les réveils en pleine nuit, les déplacements absurdes au milieu de la jungle, les attouchements risquant sans cesse le dérapage, elle les avait notés minutieusement dans un carnet le lendemain de sa libération pour pouvoir oublier : cette mémoire-là se trouvait désormais chez son père, à Bruxelles, au fond du placard rouge. Elle n'avait jamais pu complètement se défaire de la solitude dense qui avait succédé aux événements les mois suivants : même en plein jour, et cernée de visages familiers.

Pour elle seule, Johanne préservait son souvenir de la forêt, un bruissement apaisé qui finissait par se confondre au souffle de sa respiration. Dans ses rêves, elle devenait quelquefois la forêt même.

Rachida la rappela doucement à elle.

— Est-ce que tu veux bien me décrire ce dont tu te souviens ?

Que l'Antarctique porte le deuil de son frère de sang n'était plus un secret pour personne.

Cette béance affectait l'ensemble de la planète.

Aux pôles, les glaciers craquaient et se délitaient. Les baleines centenaires à la recherche de krill ne reconnaissaient plus leurs routes ancestrales. Sur les cinq autres continents, les forêts soupiraient avec mélancolie, puis s'embrasaient des jours et des semaines durant. Le sable des déserts engloutissait les champs. Les eaux, les glaces, la terre et les êtres vivants expiaient leur chagrin, chacun à sa manière.

Les courants sous-marins, à qui rien n'échappait, voguaient de l'océan Arctique à l'océan Austral. Ils constataient à chaque passage l'affaiblissement de l'Antarctique, emportaient dans leur flot son sang bleu arraché aux falaises. Au nord, son jumeau moribond ne serait bientôt plus qu'un océan sans glaces, ouvert aux trafics maritimes et aux exploitations.

En vérité, le Gulf Stream camouflait son malaise en revenant tournoyer vers le sud. L'inertie des siècles, la densité des masses, préservaient l'Antarctique plus longtemps : le mal qui le rongeait, pourtant, gangrenait ses glaces. Tous les étés australs, les torrents s'échappaient en cascades par les pores de sa peau. Des enfants monstrueux se détachaient de ses extrémités. Ces derniers dérivaient, incertains, parmi leurs frères et sœurs au regard translucide, chaque été plus nombreux.

Le piton déchirait l'étendue plane de l'inlandsis, comme un iceberg à la surface des eaux. Son sommet s'élevait à vingt mètres, peut-être trente audessus d'eux. Ses falaises trop abruptes n'avaient pas laissé prise à la glace, échappant à l'engloutissement. Pour cette simple raison, la montagne imposait le respect.

Quelques flocons de neige, seuls, colonisaient les failles de la roche pour former un réseau de veines blanches.

Tandis qu'il aidait ses collègues à quadriller la zone, Apollinaire songea que le sommet du nunatak n'était qu'une infime part de la masse de granite qui s'étendait en dessous d'eux. Dans une niche naturelle creusée à même la roche – une sorte de mini-grotte abritée des rafales –, un monticule de cailloux gris et noirs formait un amas incongru.

La glace s'était immiscée dans le cairn de manière à souder les cailloux, protégeant le fragile édifice des tempêtes successives. À quelques centimètres de la niche, une gravure émoussée abritait elle aussi des cristaux, déposés par les vents du hasard.

Apollinaire avait caché sa déception en découvrant le site : même s'il savait que les conditions climatiques rendaient la préservation de vestiges extrêmement difficile, il avait espéré un peu plus qu'un simple agrégat de cailloux, qui rappelait le balisage de n'importe quel sentier de randonnée. Le volontaire aurait aimé que son regard rencontre ici et là autre chose que ce monde minéral : un bout de bois, un os, un lambeau de tente abandonnée aurait suffi à nourrir son imagination, et leur aurait permis de reconstituer l'hypothétique campement passé par là. Avec son squelette apparent et ses multiples artefacts, le *White Out*, à côté, faisait figure de pyramide d'Égypte.

Après les premières heures de quadrillage, Ludovic, Oliver et Sergueï partirent en éclaireurs autour du nunatak, en quête d'autres indices qui auraient échappé aux premiers repérages. C'était des glaciologues en route vers un nouveau site de forage qui avaient repéré le monticule au loin, quelques semaines plus tôt. Ils auraient pu conclure qu'il s'agissait d'une simple fantaisie contemporaine sans les gravures trouvées sur le côté de la paroi, et les deux dates taillées à même la roche.

Apollinaire resta avec Véra et Vladimir pour sonder le terrain.

Les trois autres les rejoignirent au bout de plusieurs heures : ils avaient fait le tour complet du nunatak et des pitons voisins en motoneige, sans résultats. Véra et Apollinaire, quant à eux, n'avaient relevé aucune matière inhabituelle dans les quinze premiers mètres carrés d'inlandsis qu'ils avaient étudiés à la sonde.

Ils s'écartèrent de l'ombre du nunatak pour manger leurs sandwichs au soleil. Le froid ici était mordant, total – aussi sec qu'un désert. En laissant son regard errer sur le paysage, Apollinaire sentit un calme étrange se déployer en lui. Il observa ses compagnons : quelque chose avait changé chez eux aussi. Il mit un instant à se rendre compte que leurs auras avaient quasiment disparu ; de vagues reflets flottaient autour de leurs cheveux, qu'on aurait pu confondre avec une simple irisation de la lumière.

Le jeune homme détailla plus longuement chaque visage, interdit : cette absence était à la fois reposante et troublante – comme si l'un de ses sens venait de se mettre en sourdine.

Il releva le masque que lui avait passé Sergueï le matin même et qu'il avait remis au cours du déjeuner : la blancheur drue de l'inlandsis frappa brutalement sa rétine. Apollinaire plissa les yeux et contempla ses moufles, le temps de s'habituer à la lumière : lorsqu'il releva le nez, Véra en face de lui avait retrouvé son aura mauve, Oliver son halo orangé zébré de blanc et maintenant de taches bleues.

— Ne reste pas trop longtemps sans ton masque, lui intima Vladimir, de nouveau marronnasse. En plein soleil, tu vas te brûler la cornée.

Apollinaire s'exécuta. Derrière les verres épais, l'aura de ses voisins s'estompa de nouveau. Ses pensées virevoltaient – de joie, de peur ou d'étonnement, il n'aurait su le dire. Il regretta de ne pas pouvoir partager sa découverte, remarqua simplement :

— Il est curieux, ce masque. Je vois les choses différemment.

— C'est normal, *chuvak*, répondit factuellement Segueï. Ce sont des verres polarisants, les meilleurs que tu puisses trouver.

Apollinaire s'absorba à finir son sandwich pour se donner une contenance.

Ils reprirent le travail peu après. Le site était encore à l'ombre ; le jeune homme releva une nouvelle fois le masque sur son front, puis l'abaissa, jouant de cette sensation de contrôle jusqu'à s'en lasser.

Oliver et Ludovic prirent le relais pour sonder le terrain. Pendant ce temps, Apollinaire aida Véra à photographier les gravures, puis le cairn – le protocole d'usage avant de pouvoir ne serait-ce que frôler un vestige de sa brosse. Comme il tendait sa lampe vers les maigres interstices entre l'amas de pierres, il lui sembla distinguer autre chose.

— Tu as vu ?

Véra lui jeta un regard, observa l'emplacement éclairé par sa lampe. Un éclat de surprise la percuta.

Elle le félicita spontanément, rappela leurs camarades. Chacun scruta à tour de rôle l'emplacement qu'Apollinaire continuait d'éclairer sans bouger d'un iota. Il ignorait si ce qu'il avait vu était un bout d'étoffe, une brindille égarée ou une pierre plus oblongue que les autres, parvenus à duper leur imagination.

— On pourrait retirer les cailloux les uns après les autres ? suggéra-t-il.

Véra hocha la tête, sans cesser d'effleurer la branche de ses lunettes.

— Oui, mais pas aujourd'hui ; il y en a pour des heures de travail. Il faut d'abord finir ce qu'on a commencé.

Même Sergueï et Vladimir, légèrement en retrait, manifestèrent leur déception. Apollinaire ne broncha pas. Le froid ici ne leur permettait pas de déborder des créneaux convenus ; il commençait aussi à s'habituer à ce tempo tout de prudence et de lenteur. La forme qu'il avait vue n'était peut-être qu'une ombre, une projection.

6.

Comme des rhizomes

7

Johanne buvait un thé face à la mer dans le réfectoire, son casque sur les oreilles. Les gazouillis et les craquements de l'iceberg vert émeraude lui parvinrent à nouveau, tandis qu'un cormoran plongeait à pic dans les eaux libres de la baie : elle songea que cette piste n'avait rien de commun avec les sons des profondeurs mille deux cents fois accélérés que Daniel obtenait grâce à ses sismographes.

Ses sourcils se froncèrent en entendant sa propre voix et, peu après, la réaction des glaciologues à son malaise. Les minutes suivantes étaient peuplées par les bruissements de combinaisons, le clapot, le ronron du moteur que Hilde redémarrait. La suite de l'enregistrement était inexploitable : Léa avait eu le bon sens de ranger son micro dans son sac, protégeant l'appareil de l'humidité.

Les causes de son vertige demeuraient un mystère. Au moins, son audiophone était intact : Rachida l'avait aussitôt rassurée en lui restituant son matériel. La doctoresse l'avait auscultée méticuleusement sans montrer d'inquiétude. Tandis qu'elle résumait ses sensations juste avant le trou noir, Rachida lui avait évoqué un phénomène peu connu : le sentiment océanique.

Une main effleura son épaule, interrompant ses considérations.

La documentariste ôta son casque. Daniel revenait d'expédition et son visage s'était encore tanné, les deux joues cramoisies au niveau des pommettes. Elle l'invita à prendre place à côté d'elle.

Il posa ses mains rouges autour de sa tasse, aspira une gorgée du bout des lèvres. À travers la vitre, la baie scintillait en silence : de grands pans de banquise glissaient dans la lumière dorée, morcelés comme une crêpe dentelle. C'était trop tôt pour la saison, et tous deux le savaient.

— Tout s'est bien passé ?

Le glaciologue hocha la tête. Ils venaient de poser une série de capteurs sur un iceberg tabulaire, qui risquait de se fendre à tout moment. Leurs pensées dérivèrent un moment, en silence.

— C'est étrange, remarqua Johanne.

— Qu'est-ce qui est étrange ?

— Toutes les contradictions qu'on trouve ici. La beauté, l'impuissance, les risques que vous prenez…

On vient ici, ce monde nous entre dans la moelle. Et en même temps, on le voit disparaître.

— J'ai entendu un jour que nos contradictions sont un moteur, dit-il après un temps. Des plus puissants qui soient. Beaucoup de gens qui viennent ici finissent par transformer l'impuissance dont tu parles en révolte.

Elle ne put retenir un soupir ; se garda d'expliquer qu'elle avait déjà usé une partie de sa vie à se révolter, au moyen de métiers qui l'avaient chaque fois épuisée davantage. Daniel ne pouvait pas comprendre ; l'émerveillement était son blason. Élevé au Groenland puis dans le Grand Nord canadien, il en était cerné depuis l'enfance. Sauver la beauté était sans doute une cause plus facile à tenir que de lutter contre l'horreur.

— Quelque chose a changé, pour moi, quand j'ai compris qu'à chaque génération nos révoltes repartaient de zéro, reprit-il. Que cette impermanence avait un sens profond.

Elle regretta l'amertume qu'elle avait laissée poindre, l'invita à poursuivre. À sa surprise, Daniel se mit à lui parler de taoïsme. Il évoqua le *juste* – qui l'emportait dans cette philosophie sur les notions de bien et de mal, variables au gré des lieux et des époques.

— Un iceberg, par exemple, n'est ni bon ni mauvais. Il peut se retourner à tout moment et t'écraser comme un insecte ; il peut aussi nourrir tout un écosystème sous sa ligne de flottaison. Mais il y a quelque chose d'évident quand on voit un iceberg. N'est-ce pas ?

Son visage était calme, sa peau tirée par toutes ces heures de vent et de soleil. Jamais il ne s'était montré si expansif.

— Dans le Tao, si tu préfères, il n'y a pas d'utopie ou de dystopie, d'horizons fixes à espérer. Il n'y a que des processus, qui se révèlent par l'expérience. Si le bien se décrète, le juste se ressent. Chaque être humain qui vient au monde s'approprie cette boussole, qui passe par l'expérience de la beauté, de l'harmonie – par un sentiment d'évidence.

Johanne se rendit compte qu'elle n'enregistrait rien de leur conversation. Elle appréciait le grain paisible de sa voix, de ses silences, et la délicatesse avec laquelle Daniel faisait si peu mention de l'incident du jour dernier. Elle repensa à ses lectures de Nietzsche sur le bien et le mal, parcouru en allemand quand elle avait quinze ans.

— Pourquoi t'es-tu autant concentrée sur la guerre dans tes précédents reportages ?

Elle haussa les sourcils, prise au dépourvu.

— Je suppose que j'y vois un miroir grossissant, fit-elle après un temps. Une sorte de révélateur.

Comme il attendait qu'elle poursuive, elle lui parla de ce surplus d'humanité qui s'éveillait parfois en période de conflit comme nulle part ailleurs.

La désobéissance, l'entraide, le secours à un survivant du camp adverse ; l'élan vital entremêlé au risque omniprésent, d'où jaillissaient des fulgurances. Aussi paradoxal que cela puisse paraître, c'était sur ce terrain qu'elle avait vu le pire, mais aussi le plus beau.

— J'ai beau être divorcé depuis sept ans, j'aime encore mon ex-femme, confia Daniel, comme un rebond logique à ses évocations.

Johanne pencha la tête. Elle commençait à s'habituer à ces virages sans transition. Le regard effilé du glaciologue continuait de fixer l'horizon, peut-être par pudeur.

— Au début, j'ai souhaité oublier cet amour. Non pas effacer le passé, mais simplement me détacher du sentiment ; la vie aurait été plus simple. Comme ça n'arrivait pas, je me suis résolu à vivre dans mes contradictions. Avec le temps, la souffrance est partie. L'amour est toujours là.

Daniel contemplait le soleil sur la baie avec une telle intensité que Johanne se demanda si cet amour, au fond, ne s'était pas entièrement déporté sur l'Antarctique et ses icebergs. Le souvenir de la nuit passée près d'Oliver, l'évidence de leurs corps emmêlés l'enveloppa d'un voile chaud. L'écho d'un petit groupe s'éleva dans leur dos : une dizaine de résidents venaient d'entrer dans le réfectoire principal pour rejoindre la salle de projection. Léa les aperçut et vint à leur rencontre. À la demande de

Rachida, une réunion générale s'improvisait à dix-neuf heures, expliqua-t-elle, étonnée qu'ils ne soient pas au courant.

— Une réunion à quel sujet ?

La jeune fille haussa les épaules pour signaler qu'elle n'en savait pas davantage. Johanne se demanda si quelque chose avait pu arriver à l'un d'entre eux. Elle écarta rapidement cette pensée, termina sa boisson et se leva avec Daniel pour les rejoindre.

— Passe-moi un peu d'ouate, que je le pose dessus…

Après plusieurs heures de travail à démanteler le cairn, l'équipe d'archéologues retira l'artefact du petit tas de pierres gelées, pour le placer avec mille précautions dans une boîte hermétique. De retour à Zlato, il leur faudrait trouver un espace adéquat où conserver l'objet, pour éviter tout changement de température ou d'humidité trop brutal.

Apollinaire ne savait pas vraiment ce qu'il fallait penser de cette trouvaille plus qu'incongrue au pied d'un nunatak. Le froid le tenaillait. Bien que l'objet soit enfoui dans le premier tiers de la pyramide, ils avaient usé des plus grandes précautions pour dessouder chaque pierre l'une après l'autre, collées ensemble par le gel : si objet il y avait, le moindre choc ou petit éboulement intérieur pouvait le réduire en poussière.

Un silence étonné et perplexe avait fait suite après qu'ils eurent ôté la dernière pierre. Protégé par la glace, l'objet était encore en excellent état. Un porte-plume en métal mat prolongeait la fine plume en acier, ceint d'une gravure très simple tout autour de la tige.

Apollinaire dénombra les cailloux alignés sur le côté : ils étaient désormais enveloppés de pochettes en plastique et isolés les uns des autres. Ce qui aurait poussé un homme, lui-même tombé ici on ne savait comment, à enterrer au beau milieu de l'inlandsis un stylo-plume aspirait ses pensées dans un vortex vertigineux. La première vague d'excitation était passée. Le jeune homme se sentait engourdi de fatigue. Accroupi pendant près de trois heures, ses genoux le lançaient comme ceux d'un vieil homme.

— Qu'est-ce qu'on fait, maintenant ?

Les quatre archéologues le regardèrent, hébétés.

— Une petite pause ?

Ils sortirent de l'ombre du nunatak pour s'asseoir au soleil et déplièrent leurs membres endoloris. Anton et Sergueï étaient partis marcher un peu plus loin le long du nunatak pour s'occuper pendant que les archéologues se démenaient autour du monticule. Ils ne tarderaient pas à les rejoindre.

— Qu'est-ce qu'on va trouver d'autre, là-dedans ?

— La pierre du *Titanic*…

— Un carnet de dessins.

— De la weed ?

D'autres propositions fusèrent entre deux rires.

— Peut-être que c'est une tombe, ce cairn, suggéra Véra. Réelle ou symbolique.

Un silence pensif accueillit sa proposition.

— Ça irait dans le sens des gravures sur la roche.

Ils méditèrent sur cette possibilité. Bien qu'une partie des lettres soient illisibles, érodées par le gel, trois dates semblaient effectivement tracées à même la paroi. L'une d'entre elles, en chiffres romains, faisait bien référence au dix-huitième siècle. La dernière s'achevait par un quinze nettement dessiné. Il était tout à fait possible qu'un marin du *White Out* soit né dans la seconde moitié du dix-huitième, et que l'épave elle-même ait vu le jour au commencement du nouveau siècle, comme leurs recherches le suggéraient.

— On creuse, alors ? reprit Apollinaire, gagné par la curiosité.

Il ne plaisantait qu'à moitié, conscient que des fouilles plus approfondies ne pourraient pas aussi facilement se résoudre en quelques coups de pioches. Ils en auraient encore pour plusieurs heures, peut-être plusieurs jours de travail, s'ils voulaient procéder dans les règles de l'art.

Véra jeta un œil au volontaire qui refrénait ses claquements de dents.

— Non, on rentre. On est tous fatigués et il n'y a pas d'urgence ; on va analyser tout ce qu'on vient de trouver, au chaud.

Personne ne protesta ; leurs membres étaient transis et douloureux. Oliver leva les bras vers les silhouettes d'Anton et de Sergueï longeant les flancs du nunatak, à une centaine de mètres au-devant d'eux. À cette distance, Apollinaire ne voyait rien d'autre que deux corps anonymes.

Les Russes levèrent les bras en réponse et commencèrent à revenir vers eux. Apollinaire se surprit à rêver que ces deux inconnus ne soient pas leurs collègues de Zlato, mais une paire de marins égarés. Deux rescapés du siècle précédent emprisonnés dans une crevasse et libérés, intacts, pour s'avancer à leur rencontre. Que se seraient-ils dit ?

Peut-être que les marins auraient été surpris de découvrir que l'Antarctique était désormais habité de colonies humaines, que de nombreuses nations y travaillaient en paix – eux qui étaient venus ici pour conquérir des terres, y planter un drapeau. Ou soulagés d'apprendre que leurs explorations n'avaient pas été vaines. Peut-être que les deux hommes se seraient simplement écroulés dans leurs bras, terrassés par tant de décennies de solitude – et cela avant même que les archéologues n'aient eu le temps de les interroger sur ce stylo et les autres trésors qu'ils auraient enfouis là pour un motif impénétrable.

Un océan bordé de terres. Une mer, plutôt ?

Cet iris blanc en décomposition dans sa pupille bleu cendre devenait chaque année plus malaisant à soutenir. Johanne détourna le regard de la carte projetée sur l'écran, micro tendu vers les résidents indécis quant à la bonne façon de réagir.

Assis dans la pénombre, ils restèrent un moment silencieux. Ils se savaient si loin de tout. La conscience que ce qui se jouait à l'autre bout du monde les concernait aussi s'engouffra dans la pièce avec brutalité. Malgré le calme de sa posture et le ton rassurant de sa voix, le trouble brillait aussi dans les yeux noirs de la cheffe de mission.

— Est-ce que ça va nous affecter d'une façon ou d'une autre ? s'enquit finalement l'un d'entre eux.

— C'est un peu tôt pour le savoir, réagit Rachida. Honnêtement, je ne pense pas. Ils ont assez à faire là-haut, je doute qu'ils puissent se déchaîner sur tous les fronts.

L'Antarctique et l'Arctique étaient reliés de multiples façons : par leurs courants, l'omniprésence des glaces, la crainte et le respect qu'ils avaient inspirés pendant des siècles aux colonisateurs. Mais l'un était aussi le négatif de l'autre : si l'Antarctique était *terra nullius*, la terre de personne, protégé par un traité hors norme dédiant son territoire aux sciences et à la paix, l'Arctique, lui, était disputé des humains depuis longtemps : spoliant les autochtones d'abord, désormais terrain d'affrontement entre les États-Unis, la Russie, la Chine et le Canada. Était-ce l'éloignement géographique de l'épicentre occidental qui avait épargné le pôle Sud ? Ou ce noyau de terre solide qui soutenait son inlandsis impénétrable ?

À l'inverse de l'Arctique où les rivalités s'exacerbaient de jour en jour, les tensions géopolitiques de la guerre froide avaient joué un rôle positif dans l'avènement du Traité de l'Antarctique. Des puissances y étaient parvenues à s'entendre sur le plus ambitieux des non-accords – geler les revendications territoriales, sans pour autant les réfuter. Une chose en entraînant une autre, l'Antarctique s'était vu consacré à la collaboration scientifique et à la paix, excluant toute forme d'exploitation minière à visée commerciale ou de projet militaire sur son territoire.

— Dans les faits, ça couvait depuis des années, intervint Hilde. Il y a beaucoup trop de puissances et d'intérêts dans un océan en vase clos, qui contient autant de ressources.

— Et de nouvelles voies navigables, ajouta quelqu'un d'autre.

— L'océan Arctique est en train de devenir la mer de Chine, résuma Yasser.

— La Chine n'est pas encore assez présente là-bas pour s'octroyer un océan entier, quand même.

— Je parle des tensions. Autant de troupes et de sous-marins de pays différents concentrés au même endroit, ça rappelle l'ambiance entre le Japon, Taïwan, la Chine et la Corée.

— Qu'est-ce qui a pris à la Chine et au Canada de lancer un forage aussi proche des eaux russes, en même temps ? Ils sont poussés à bout. Ça n'est pas si illégitime, que les Russes revendiquent leur souveraineté sur leurs eaux intérieures.

— Si les forages étaient interdits comme ici, on n'en serait pas là…

Un brouhaha s'éleva dans la salle de projection. Rachida attendit quelques instants, laissant les langues se délier et les nouvelles qu'elle venait d'énoncer descendre dans les esprits. Johanne n'avait encore jamais entendu parler de géopolitique à Ubunto : ni dans leur quotidien coupé du monde, ni dans les discussions. La cheffe de mission leva finalement la main ; le silence revint parmi eux.

— Évidemment, c'est bouleversant pour tout le monde, reconnut-elle. Notamment pour ceux qui ont déjà travaillé au Svalbard, en Norvège ou au Groenland, et vous êtes nombreux. On ne va pas le nier, cet incident peut provoquer des réactions imprévisibles. Mais on ne peut pas encore parler de guerre, et la crise peut aussi se tasser.

Johanne se demanda quel genre de chocs diplomatiques avaient pu vivre les générations successives de scientifiques en Antarctique. Comment avaient été vécus ici la crise des missiles de Cuba, les attentats des tours jumelles ou les guerres des années précédentes ? Dans la situation d'autarcie qui était la leur, il devait être rare qu'un incident externe parvienne à bouleverser le cours du quotidien.

— Pour le moment, et de là où nous sommes, nous y pouvons quoi qu'il en soit très peu de chose, reprit Rachida. Léa et Corentin vont continuer leurs revues de presse. C'est comme ça : on a beau vivre ici comme des ermites, la violence ne s'est pas arrêtée à l'autre bout du globe.

La doctoresse croisa le regard de Johanne, qui sentit en retour plusieurs personnes la regarder. Rachida reprit la parole pour proposer de continuer la discussion au réfectoire. Johanne vérifia à la hâte le niveau de batterie de son enregistreur tandis que la salle se vidait.

Plusieurs groupes spontanés s'étaient déjà formés lorsqu'elle gagna le hall. On avait écarté les tables et chaises pour dégager l'espace : tout le monde était d'humeur à se tenir debout. Johanne jeta un œil à la salle informatique au fond du couloir, où personne ne s'était précipité.

Elle attrapa au vol la conversation la plus proche. Hilde et Yasser parlaient avec animation, Léa et Corentin à côté d'eux. Distraite, la jeune femme écouta d'une oreille le bourdonnement houleux qui secouait la salle. Elle avait enregistré ce matin même le caquètement des manchots Adélie avec l'équipe d'ornithologues. Elle nota dans un coin de sa tête l'idée de combiner ces deux pistes sonores.

— Et toi, Johanne, réagit Yasser en se tournant vers elle. Tu enregistres, mais qu'est-ce que tu en penses ?

Les autres l'observèrent, curieux. Johanne hésita, puis décida d'éteindre son micro.

— Pour le moment, je ne *pense* pas grand-chose. Je me demande si ces puissances ont vraiment les moyens, et vraiment intérêt, à déclencher un conflit armé en Arctique.

— Moi, je ne me sens pas vraiment concerné, confessa Corentin. C'est comme si on était dans l'espace, et qu'on se demandait le lien qu'on a encore avec l'espèce humaine.

— Tu es cerné d'humains, et tu leur parles en ce moment même, releva Léa. Au bout de quelques jours sans eux, tu serais abruti de solitude, et tu te demanderais si ta vie a un sens.

Le groupe accueillit sa remarque d'un sourire amusé. Une grande fatigue cueillit Johanne tandis qu'elle rallumait son microphone, surprise de ressentir elle-même si peu d'indignation, et tant de lassitude.

— Toutes ces tensions au pôle Nord retomberont tôt ou tard sur le pôle Sud, affirma Yasser.

— Il y a *déjà* des signes alarmants au pôle Sud, rappela Hilde. Regarde la dernière construction de cette base chinoise sans autorisation, et la pêche à la baleine japonaise qui fait comme si la convention pour l'océan Austral n'existait pas…

— D'accord, mais ça n'a rien à voir avec ce qui se passe là-haut.

— On dirait presque une diversion, releva Léa. Comme si le sacrifice de l'Arctique permettait d'épargner l'Antarctique pour le moment.

— Dès qu'ils auront bouffé l'Arctique, ils se tourneront vers le sud, marmonna Yasser. Sous couvert de recherche scientifique, toutes les bases par ici permettent aux pays d'avancer leurs pions, de maintenir une présence ; Ubunto n'échappe pas à la règle.

Un silence pensif accueillit sa remarque.

Johanne s'éclipsa. Elle circula d'un groupe à l'autre pour saisir l'atmosphère fiévreuse du réfectoire. Après avoir entendu tout et son contraire, elle éteignit son micro et regagna sa chambre, préoccupée. Ces nœuds qui n'en finissaient pas formaient comme une boule dans sa gorge, qu'elle ne cherchait même plus à dénouer.

Avant même l’Antarctique, la formation de l’inlandsis et la fonte des glaciers. Avant les caravelles, les fusées et les télescopes, la course à l’armement, les guerres technologiques et financières. Avant les étoiles, les comètes, la matière même – on dit qu’il n’y avait *rien*.

Le radiotélescope de la base de Zlato donnait à celles et ceux qui l’employaient une vue perçante, non seulement à travers le jour polaire, mais également à travers temps. Une vue pour remonter aux origines, à cette époque où une poussière de seconde façonnait plus de mondes que toute l’humanité ne pourrait en détruire en une éternité.

Non loin, des glaciologues sondaient les entrailles de la glace, à la recherche de bulles d’air emprisonnées. Leurs mesures permettaient d’estimer les composés chimiques de l'atmosphère aux premières heures du monde.

C'est l'œuvre de vies entières que d'écouter le vide – et c'est l'œuvre du vide de peupler l'univers des plus profondes contradictions. Sous ses variations infinies, les chercheurs étudient le même mystère.

Apollinaire but une nouvelle gorgée de bière. Le réfectoire de Zlato était complètement vide – hormis lui et ses compagnons.

De retour à la base, leurs collègues russes s'étaient vite éclipsés pour rejoindre la réunion sommée en leur absence. Les archéologues s'étaient installés dans le réfectoire après un instant de flottement. Aucun d'eux n'était russophone, et aucune perche ne leur avait été tendue pour se joindre aux autres.

— Ils peuvent être un, plusieurs, déserteurs ou ultimes survivants… En provenance du *White Out*, ou absolument pas, résuma Oliver.

Apollinaire jeta un œil à son voisin. Son accent allemand plus marqué trahissait sa fatigue. Véra avait les joues rosies, Oliver les cheveux dressés sur le crâne. Même Ludovic, constamment réservé, affichait une bonhomie inhabituelle.

— Au moins, la date de fabrication de l'artefact va nous permettre d'en savoir plus, ne serait-ce que sur l'époque dont on parle, nuança Véra. Et le lien éventuel avec l'épave…

Les autres hochèrent la tête. Tant d'hypothèses étaient possibles que c'en était vertigineux.

Affamé, Apollinaire rêvait d'un paquet de chips. Bien qu'ils se soient déjà servis en boisson dans les réserves en libre-service, ils n'avaient pas osé fouiller dans les tiroirs en quête de quelque chose à grignoter.

— Même si les dates concordent, ça ne dit pas pourquoi quelqu'un s'attarderait à planquer un stylo sous un tas de cailloux, rappela-t-il.

— À toi de nous le dire, Sherlock, réagit Oliver en bâillant.

Ils continuèrent un temps de proposer à tour de rôle divers scénarios. Comme l'avait suggéré Véra, le cairn aurait pu être une sépulture, et l'artefact dissimulé un objet de valeur du défunt. Peut-être que d'autres objets étaient cachés plus bas, voire de la nourriture. Quelque chose que le survivant pourrait retrouver s'il revenait de son voyage ; ou bien qu'il espérait qu'on retrouve après lui. Il se pouvait aussi qu'il n'y ait rien d'autre, et que le naufragé ait seulement déposé un indice pour attester qu'un homme était remonté jusqu'ici. Après tout, c'était encore l'époque des grandes explorations.

Apollinaire s'imagina à la place du survivant, affaibli, transi de froid, probablement désespéré. Qu'aurait-il fait à sa place ? Quel message aurait-il formulé, quelles preuves de son existence à sauver de l'oubli ?

En vérité, la présence de vestiges dans un endroit si reculé demeurait un mystère. Si un ou plusieurs naufragés étaient partis en quête de secours ou cherchaient à rejoindre une île proche de la civilisation, ils n'avaient pas choisi la bonne direction. Étaient-ils simplement perdus ? Peut-être avaient-ils entrevu une Atlantide, victimes d'une de ces hallucinations qu'on retrouvait dans les journaux de bord des naufragés. Apollinaire se rappela maints exemples de Rachida : il partagea ces anecdotes en prétendant les avoir lues dans un article. Conscients de leur situation perdue d'avance, se pouvait-il que ces marins aient fait le choix d'un suicide collectif en avançant ainsi vers le pôle Sud ?

— Je crois que les manchots font ça aussi, parfois, remarqua Ludovic.

Ils le dévisagèrent.

— Jean-Marc me disait l'autre jour que, dans sa colonie, des individus isolés sortent parfois du groupe et marchent vers l'intérieur, jusqu'à mourir de faim ou de fatigue. Pour le moment, il n'y a pas vraiment d'explication.

— La folie ? Ou un effet de désorientation avec les changements climatiques ?

— Ça fait partie des hypothèses.

Ils méditèrent sur cette étrange information.

— On peut aussi avoir affaire à un explorateur de l'extrême, réagit Véra. Quelqu'un qui voudrait traverser l'Antarctique à pied, arriver coûte que coûte au point culminant du pôle Sud. Comme Amundsen, ou Robert Falcon Scott…

Ils s'interrompirent. Des dizaines de personnes emplirent les lieux comme un seul homme, sortant directement de cet amphithéâtre où se tenait la réunion. Les scientifiques parlaient avec animation ; du reste, Apollinaire et ses voisins ne pouvaient rien comprendre. Marko Sorov ne tarda pas à venir les trouver.

L'astrophysicien avait retiré le bonnet qu'il portait habituellement, dévoilant un crâne lisse comme la Lune. Sa barbe semblait d'autant plus dense. Malgré son visage impassible, Apollinaire sentit immédiatement que le chef de mission contenait sa colère. Son halo bleu était moucheté de nuages sombres.

Ludovic, Véra et Oliver entamèrent la conversation avec naturel. Marko Sorov écouta poliment le compte rendu de leur journée de fouille. Ses yeux noirs s'agrandirent en apprenant ce qu'ils avaient trouvé à l'intérieur du cairn.

— Je suis heureux d'apprendre que votre journée a été fructueuse.

Il observa le groupe quelques secondes, puis reprit la parole en soutenant leur regard :

— Je suis sincèrement désolé, mais vous n'allez pas pouvoir continuer les fouilles, ni rester à Zlato. Une délégation de notre gouvernement arrive d'ici deux jours. Nous venons de l'apprendre.

Un silence étonné suivit ses paroles. Véra réajusta ses lunettes en fronçant les sourcils.

— En quoi est-ce que ça nous empêche de travailler sur le chantier ? Nous serons en extérieur la plupart du temps.

— On m'a demandé sans détour qu'aucun visiteur étranger ne soit présent à ce moment, précisa-t-il. Ça va à l'encontre des règles de coopération scientifique en Antarctique, et je l'ai rappelé. Il semble que je n'aie pas vraiment le choix. Je suis désolé. Je ne sais pas quoi vous dire.

La honte et l'impuissance entachaient le halo de l'astrophysicien. Les visages s'assombrirent. Véra murmura malgré tout quelques paroles compréhensives. Marko Sorov inclina la tête ; il proposa de les accompagner jusqu'à la tour radio, pour prévenir Ubunto de leur retour.

— Nous avons regardé, il y a une fenêtre météo demain matin, ajouta-t-il. Un de nos pilotes va vous reconduire ; c'est bien le moins que l'on puisse faire.

7

Un iceberg émeraude dérivait vers le large. Les parois cristallines filtraient une lumière enveloppante : sa peau, ses vêtements, avaient perdu leur couleur propre ; tout était vert ici aussi.

À l'intérieur de la crevasse, Johanne examina les frontières lisses de sa prison. Striées en profondeur, des veines entre-nouées partaient dans toutes les directions. Un ruissellement omniprésent sinuait tout autour : un goutte-à-goutte prégnant et invisible, comme au cœur d'une forêt tropicale. L'ouverture au-dessus de sa tête était un puits qui débouchait, très haut, sur un lambeau de ciel charbon criblé d'étoiles.

L'iceberg pouvait se retourner à tout moment, l'océan s'engouffrer dans le puits. Les écoulements qu'elle entendait n'étaient pas seulement ceux de sa prison en train de fondre ; une jungle entière semblait s'être logée à l'intérieur de la glace. À l'extérieur, le clapot de la mer et les bulles d'oxygène longtemps emprisonnées éclataient fébrilement à la surface.

Des voix sans corps, perçant l'air comme des cormorans, descendirent à leur tour dans le puits : des mots en espagnol se regroupèrent pour former des questions, toujours les mêmes. Seul le timbre changeait : des écarts brusques de la douceur à la violence, entrecoupés d'infimes modulations.

Johanne continuait de répondre d'une voix atone. Quand l'interrogatoire cessa, les muscles de son dos, de sa nuque et de sa mâchoire se détendirent. Elle appuya sa joue contre la glace. De l'eau suintait entre sa peau et l'iceberg. Dans sa poche, sa main rencontra une poignée de cailloux. Elle les compta à plusieurs reprises, jusqu'à avoir la certitude qu'elle se trouvait ici depuis vingt et un jours.

Johanne ouvrit les yeux. Son cœur battait avec violence sous sa cage thoracique.

Elle se redressa sur un coude, respira lentement. Se figura une colonne d'air horizontale – lointain conseil d'un psychologue vénézuélien. Il n'était que trois heures du matin. La nuit était toutefois trop avancée pour prendre un somnifère.

Rien n'était oublié, c'était une évidence. Cette version de son rêve à l'intérieur d'un iceberg n'était qu'une variante inédite. Si l'imagination hybridait désormais les images, c'était avec l'aval de sa mémoire.

Au fil du temps, la béance creusée par le choc s'était remplie comme un cratère. Il y poussait une végétation étrange, mélancolique et tortueuse, qui prenait quelquefois des allures de forêt enchantée.

Johanne alla à sa fenêtre, ouvrit le store qu'elle avait refermé en s'endormant. La lumière l'éblouit. Elle était soulagée de se trouver ici, loin de l'épicentre des sociétés humaines, et cependant au centre d'autre chose.

Elle s'habilla sans hâte, quitta sa chambre et traversa le couloir en silence. Tout était calme, les autres résidents dormaient profondément. La fraîcheur de l'air et du vent qui soufflait sur la baie acheva de la réveiller : dehors, le monde brillait toujours comme au matin des origines. Les eaux libres scintillaient, l'océan aimanté par le ciel. La lumière lui sembla plus chaude qu'à l'ordinaire et l'enveloppa comme une promesse.

Johanne déverrouilla la porte du préfabriqué Shackleton et pénétra dans le réfectoire. Le bâtiment était désert. Elle gagna la salle informatique à son extrémité et reconnut Yasser, voûté devant l'écran. Il tourna vers elle un visage flegmatique.

— Je repasserai plus tard, proposa-t-elle.

— Non, prends ma place, dit-il d'un sourire las. Ça fait deux heures que je suis là, j'ai eu le temps de faire le tour.

Il se leva, bâilla, lui présenta le siège désormais vide d'un geste théâtral avant de s'éclipser. Johanne resta quelques instants debout, puis s'installa derrière l'écran resté ouvert sur un article de *Libération*.

Elle consulta d'abord les sites d'information de médias nationaux : le *New York Times* et le *National Post*, *China Daily*, *Russia Today*, *Politiken*, *Le Monde*. Les tensions en Arctique occupaient toutes les unes. Les papiers les plus alarmistes prédisaient l'avènement d'une troisième guerre mondiale. Plusieurs déploiements de l'OTAN, mais également des forces chinoises et russes, étaient en cours dans les eaux du pôle Nord. Plus qu'un seul incident, c'était une accumulation de contentieux sur des zones grises du droit international qui avaient provoqué l'escalade. La circulation de navires étrangers sans autorisation dans des eaux russes et canadiennes. Ce naufrage d'un pétrolier évité de peu, au large de l'Alaska. Plus dangereux encore, ce projet de forage sur une zone de chevauchement des sous-sols marins russes et canadiens. Jamais autant de troupes n'avaient été détachées en Alaska, au Groenland et près du détroit de Béring. Quels moyens véritables pour un conflit armé dans l'océan Arctique, derrière une telle démonstration de force ? Et quelles répercussions sur d'autres zones du globe ? Un autre sujet inquiétait : aux États-Unis, la multiplication d'émeutes de plus en plus sanglantes faisait craindre le point de non-retour. De vieilles tensions en mer de Chine refaisaient également surface avec une vivacité inquiétante.

Johanne passa la main dans ses cheveux et regarda quelques secondes par le petit hublot qui donnait sur la baie. Elle envoya plusieurs messages privés avant de basculer sur sa boîte mail, jeta un œil en diagonale à ses derniers courriels. Oliver lui avait envoyé un message en allemand deux jours plus tôt :

Tu dormais avec moi hier encore. Nous voilà séparés par trois cents kilomètres de glace.

Parmi tous les hommes et femmes qui errent sur ce continent, dans un rayon d'au moins mille kilomètres, tu es devenue l'humaine dont je suis le plus proche. La preuve : j'entends ton cœur battre jusque sous l'inlandsis, comme hier contre ma poitrine.

Si ce n'est qu'une histoire de peau, je dois te remercier pour la douceur de tes caresses. Pour le reste, je te connais si peu. Note bien que tout chez toi me fait pourtant l'effet de ces instants de pleine conscience sous la banquise.

Johanne relut une seconde fois la lettre de l'archéologue. Des sentiments mêlés tenaillaient sa poitrine. Elle s'imagina lui répondre, offrir à cet amant quelque chose du même ordre : tendre, un peu menteur, et déjà vulnérable. Elle ne put s'y résoudre, consulta à la place le reste de ses courriels. Une missive lapidaire d'un expéditeur inconnu apparut à cet instant sur sa messagerie. L'auteur prétendait l'avoir rencontrée deux ans plus tôt, à Moscou. Il exigeait de la voir en urgence pour lui confier quelque chose d'important, demandait une réponse sur Télégram. Johanne songea qu'il avait déjà dû choisir de s'adresser à quelqu'un d'autre en recevant son message d'absence automatique. Elle écrivit quelques mots à son père, puis à une amie.

Finalement, elle éteignit l'ordinateur. Repliant les genoux sous son torse, elle regarda alternativement l'écran noir et le carré de ciel au-dessus du hublot. Un mois avant de partir en Antarctique, Johanne avait fêté ses trente-cinq ans. Malgré l'absence de cheveux blancs, ses rides insignifiantes, sa bonne santé physique, il lui avait semblé être déjà si vieille.

Johanne se sentait pleine des vies des autres, d'histoires qu'elle s'était chargée de traduire ou d'accueillir dans son micro. Il y avait toutes ces langues, qui semblaient parfois exprimer par sa bouche des pensées antérieures à sa propre existence. Passé un certain temps et une certaine distance, pouvait-on repartir, non de zéro, mais d'un nouveau chapitre aux allures de page blanche ? L'arbre se souvenait de toutes ses floraisons, l'eau de tous ses états. Les êtres qui frôlaient la mort revenaient quelquefois à la vie avec des yeux de nouveau-né.

La jeune femme repensa au message d'Oliver.

Elle s'efforça d'imaginer un cœur battant sous l'inlandsis, et sourit pour elle-même.

En Antarctique, chaque goutte de temps s'écoule le long de stalactites marines suspendues aux glaciers. Leurs racines se déploient à l'abri des regards, comme les rhizomes se tissent sous le sol de la Terre.

L'océan qui les baigne les connaît intimement, comme s'il les avait faites : leurs longueurs et reliefs, leurs secrets invisibles et leur discrète mélancolie. Après un très grand nombre de secondes, chaque bras de glace se détache finalement, dérive et se dissout.

Pourquoi cet instant-ci, plutôt qu'un autre ? Répondre à cette question n'est pas si simple : chaque goutte contenue à l'intérieur d'une stalactite est un monde en lui-même, gardien de motifs pudiquement conservés, simplement perméable aux extrapolations.

Peut-être que c'est le poids du temps qui emporte la stalactite.

Peut-être l'attraction d'un ailleurs différent, pour lequel elle se sent enfin prête.

Peut-être qu'une certaine intuition pour la beauté la pousse dans le sens du courant : puisque la mer tournoie depuis toujours autour de l'Antarctique, et que tout, même ici, semble affaire de cycle.

Alors la stalactite se gorge d'une dernière goutte de temps et de lumière, tend son cou et s'élance. Sur son moignon bleui, d'autres branches repousseront après elle.

Apollinaire écarquilla les yeux devant tant de plantes vertes.

Il y avait sur sa droite plusieurs variétés de tomates et de laitues ; sur la gauche, des radis, des poivrons, des concombres, et même des brocolis. Dimitri, l'étudiant russo-camerounais qu'il avait rencontré le soir même, sourit avec fierté de sa sidération.

Outre l'heure avancée et le fait qu'ils n'aient rien à faire ici, une étrange lumière rose inondait la serre. Le plus étrange était les racines de ces plantes en suspens dans les airs, sans terre ni pot pour les contenir.

— On se croirait sur Mars, murmura-t-il.

— C'est pour ça qu'on se donne tout ce mal, réagit son voisin. L'idée, c'est de pouvoir un jour cultiver des légumes sur la Lune.

Apollinaire ne put s'empêcher de penser qu'ils se trouvaient déjà sur une autre planète – dont lui-même s'en irait dans quelques heures.

En guise de rituel d'adieu, il avait passé le début de soirée en compagnie de son équipe et de Marko Sorov, Sergueï et Vladimir – toujours honteux d'avoir ainsi dû congédier leurs visiteurs. Quoique plus sympathiques après un ou deux verres, ces hommes-là étaient tous plus âgés ; surtout, ils parlaient uniquement anglais et russe. Apollinaire suivait les conversations avec peine et finissait toujours par décrocher. Au moins, il retrouverait la compagnie des résidents d'Ubunto-bay le lendemain, avait-il songé pour lui-même.

Il avait repéré Dimitri de loin : tous les autres habitants de Zlato avaient la peau tannée par le grand air, mais étaient sans le moindre doute caucasiens de complexion. Pour cette raison précise, Apollinaire avait rechigné à aller aborder le jeune homme de lui-même les jours précédents. Il était rassuré de ne pas être le seul et unique noir à trois cents kilomètres à la ronde, mais n'était pas certain de savoir quoi lui dire, et préférait rester discret.

Dimitri avait fait son approche en milieu de soirée, bière à la main. Il s'était adressé en français à Oliver.

— C'est vous, le groupe d'archéologues ?

Apollinaire avait relevé le nez. Comme la première fois qu'il l'avait remarqué à la cantine, son aura était rose, lumineuse comme la nacre et vive comme un fruit mûr.

Dimitri avait attrapé une chaise avec naturel ; ils s'étaient écartés pour lui faire de la place. Il avait un visage harmonieux, des yeux curieux et calmes. Interrogé, il leur avait confié qu'il préparait une thèse en biologie et assistait ici l'équipe de botanistes. Apollinaire avait noté le rythme chantant de ses phrases et cet accent indescriptible.

— Sur quoi travaillent des botanistes en plein milieu de l'inlandsis ? s'était étonné Oliver, légèrement ivre.

En dehors des manchots Adélie, les biologistes d'Ubunto-bay étudiaient toutes sortes d'espèces animales sous-marines, d'algues et de coraux qui existaient en abondance sous la banquise. Hors du monde aquatique, il n'y avait guère que quelques espèces d'oiseaux migrateurs pour survivre dans des conditions si hostiles. Aucune espèce de plante n'était capable de tenir tête aux vents catabatiques hormis de rares exceptions. Quoi qu'il en soit, Zlato était beaucoup trop éloigné de la côte pour profiter du voisinage d'espèces endémiques, de mousses et de lichens.

— On tente de faire pousser des petits trucs, avait souri modestement l'apprenti biologiste. Et vous ? Vous avez trouvé quelque chose, près du tas de cailloux ?

Il avait prononcé sa dernière phrase sur un ton naturel, dépourvu de moquerie ; Oliver et Apollinaire avaient cependant échangé un regard ironique. Personne, ici, n'exerçait un métier tout à fait normal.

Oliver avait vite été happé par une nième conversation sur la crise au pôle Nord dont tout le monde parlait, tandis qu'Apollinaire racontait au jeune homme leur découverte du jour. Dimitri avait paru impressionné. Encouragé, Apollinaire lui avait exposé les diverses théories échafaudées par ses collègues au sujet du stylo.

— Tu faisais déjà ça en France, des chantiers archéologiques ? avait demandé son voisin, intrigué.

— Pas vraiment. En fait, je viens seulement d'avoir mon bac.

Apollinaire s'était gardé de préciser qu'il avait démarré juste avant son départ un CAP en logistique qu'il abhorrait ; qu'il avait tout plaqué pour l'Antarctique, et qu'il prendrait sûrement à son retour un emploi de vendeur, le temps de trouver mieux.

— Pourquoi tu as choisi la biologie, toi ? avait-il renchéri pour changer de sujet.

— Honnêtement, c'est un hasard. Je n'étais pas mauvais dans cette matière, je m'entends bien avec les plantes… D'après ma mère, on vient d'une lignée d'herboristes ; ça a fini de me convaincre.

Apollinaire avait plissé les yeux, étonné.

— Tu t'y plais, en Russie ?

— C'est là que je suis né. Jusqu'à Zlato, je ne connaissais rien d'autre. Maintenant, je me sens plus de points communs avec les gens piqués au *polar bug*, avait conclu le biologiste dans un clin d'œil.

Apollinaire connaissait l'expression, bien sûr. Beaucoup de résidents à Ubunto n'en étaient pas à leur premier voyage en Antarctique : ils avaient arpenté les zones polaires, au nord comme au sud, fiévreux de marcher à nouveau sur l'eau solide. Des personnalités bizarres, une obsession pour des régions auxquelles peu de gens s'intéressaient, l'exposition au froid, la glace et la lumière qui semblait altérer quelque chose au-dedans : ce qui reliait ces êtres les uns aux autres se résumait à peu de chose.

Pour le reste, Apollinaire était impressionné par l'assurance de Dimitri. Il aurait aimé être aussi confiant lorsqu'il parlait lui-même de ses appartenances et ses projets de vie.

Ils s'étaient écartés pour reprendre des bières ; Dimitri l'avait présenté à d'autres jeunes gens. Ils étaient beaucoup plus nombreux ici qu'à Ubunto, où ils étaient avec Léa et Corentin les seuls représentants de leur génération. Apollinaire s'était senti légèrement envieux. L'alcool aidant, il avait trouvé des ressources insoupçonnées en parvenant à discuter une dizaine de minutes dans un anglais passable avec une jeune fille rousse au sourire spectaculaire.

Elle travaillait avec Marko Sorov sur des projets d'astrophysique.

— En fait, on étudie le vide, avait-elle tenté de simplifier. On vient de se rendre compte que le vide crée lui-même de la matière – autrement dit, que le vide est fécond. Ce sont des choses qu'on ne peut pas toucher, ni voir. Par contre, on peut les mesurer. Comme si nous étions entourés par un monde parallèle, tu vois ce que je veux dire ?

Apollinaire n'avait jamais trouvé le vide si fascinant qu'entre les boucles épaisses de la jeune fille. Le reste des étudiants étaient plongés dans d'autres discussions, en russe.

— Ils parlent de la visite de la délégation prévue après-demain, avait expliqué Dimitri. Marko vous en a dit un mot ?

— Oui. On doit même repartir pour ne pas déranger.

Les sourcils du biologiste s'étaient arrondis. La voix d'Apollinaire n'était pas dénuée d'amertume.

— C'est idiot, il y a de la place pour tout le monde, ici.

Apollinaire lui avait résumé le peu qu'il savait, et leur départ prévu le lendemain matin. Les lèvres de Dimitri avaient formé une moue déçue. Son regard s'était égaré vers l'horloge, qui affichait déjà trois heures.

— Dans ce cas, je vais te montrer quelque chose. Tu ne peux pas quitter Zlato sans avoir vu le truc le plus intéressant du coin…

Apollinaire avait jeté un dernier regard à la jeune astrophysicienne, désormais absorbée dans d'autres discussions. Il avait suivi Dimitri à l'extérieur. Ils avaient enfilé leurs combinaisons, puis marché trois cents mètres jusqu'à un bâtiment rectangulaire sur pilotis. L'installation était modeste et passait presque inaperçue, à côté des deux tours massives dans leur dos.

Perplexe, Apollinaire observa à nouveau les racines suspendues dans les airs, sous les néons roses de la serre artificielle.

— Mais comment c'est possible ? demanda-t-il enfin.

Dimitri lui expliqua qu'une solution aqueuse remplie de nutriments était pulvérisée sur les racines en permanence ; elle donnait à la serre cette atmosphère brumeuse. Les plantes se développaient sans peine de cette façon. Plusieurs dizaines de kilos de légumes étaient récoltées tous les mois, pour le plaisir de tous. Si le dispositif devenait autonome, il serait dupliqué dans de futures stations sur Mars ou sur la Lune. Apollinaire comprit que ce qu'il avait pris pour une blague était un projet très sérieux.

— J'adore être ici, confia Dimitri en effleurant une feuille de laitue. À Zlato, on est moins stimulé que vous autres, sur les côtes. Ça fait du bien d'être entouré d'êtres vivants, de leurs parfums et leurs couleurs.

Apollinaire hocha la tête, troublé. Il n'avait pas croisé la moindre plante depuis un mois : effectivement, l'odeur qui se dégageait des jeunes pousses était étrange et familière tout à la fois, comme de lointains cousins perdus de vue. Leur parfum lui sembla plus vivace que dans ses souvenirs.

Son regard s'arrêta sur une botte de radis. Il se pencha sur le côté pour observer les fins tentacules blancs, qui n'étaient pas sans rappeler ceux d'une méduse. Ces légumes-là et lui avaient ça en commun – l'absence de terre à laquelle s'arrimer, les racines à l'air libre. Si un plant de tomate pouvait se satisfaire de vapeur d'eau, peut-être que lui aussi, en fin de compte.

Une écrasante chappe de fatigue tomba sur ses épaules : il n'avait pas dormi depuis près de vingt heures, leur journée de travail en plein air l'avait littéralement vidé. L'annonce inattendue de leur départ précipité, l'adrénaline, les bières et le soleil indécrochable l'avaient maintenu en veille, mais le calme apaisant de la serre lui donnait désormais envie de se rouler en boule à même le sol : il aurait pu dormir ainsi, au milieu des laitues et des concombres. Apollinaire se rappela qu'il repartait dans quelques heures ; il ferait mieux de regagner la tour principale.

Il suivit Dimitri hors du préfabriqué. Ils marchèrent en silence sur l'inlandsis jusqu'à la tour-dortoir, dressée comme un phare devant eux. Apollinaire bredouilla des adieux à son ami d'un soir au bas de l'escalier :

— On se recroisera, c'est sûr, affirma l'apprenti biologiste avec cette assurance déconcertante. À Paris, à Moscou, en Antarctique ou sur la Lune. On verra bien.

Apollinaire escalada son lit superposé et s'effondra sur le matelas, indifférent aux ronflements d'Oliver. Cette virée à Zlato était un rêve dans un rêve. Il bascula dans l'épaisseur opaque de l'inlandsis où l'attendaient des souvenirs trop denses pour remonter à la lumière.

7.

Messages à l’univers

7

Johanne resserra sa capuche, baissa son bonnet gris jusque sous ses sourcils. Elle s'accroupit à l'abri des rochers pour protéger son micro des rafales.

De fins cristaux entraient dans ses narines, se posaient sur ses cils et s'accrochaient aux fibres de la bonnette qui protégeait son matériel. Elle réajusta ses écouteurs. Elle tâtonna, bougea d'un pied sur l'autre, testa diverses orientations jusqu'à saisir le souffle qui glissait dans une constance impressionnante sur les environs de la baie.

La documentariste ferma les yeux, lèvres entrouvertes, pour se laisser bercer par l'univers. Un flot généreux descendait du pôle Sud. Plus léger qu'à l'ordinaire, sa constance était telle qu'on en venait à oublier sa source, comme un géant vidant à l'infini ses poumons d'air. Il aurait semblé naturel que la baie, les quatre préfabriqués d'Ubunto et tous les environs glissent doucement vers l'aval, fondus dans ce mouvement irrésistible.

Des bruits de pas distants, étouffés par la neige, montèrent à ses oreilles. Sûrement les premiers résidents gagnant le réfectoire pour prendre leur petit-déjeuner. Elle garda les yeux clos pour rester concentrée sur tout ce qu'elle entendait. Le murmure d'une conversation, trop lointaine pour distinguer les mots, réduite aux inflexions d'un langage familier. Le verrou de la porte qu'on ouvrait puis refermait, étouffé lui aussi. Le retour de ce souffle, infini, mobile, habitant tout l'espace.

Saisir la texture du vent était le plus ardu des exercices : on ne l'attrapait pas en tant que tel. C'était son glissement sur les corps, les surfaces, la réaction du monde à cette rencontre, qu'on s'efforçait de capturer. En radio, on fuyait plus souvent le vent qu'on n'avançait à sa rencontre : il saturait les sons, déréglait le matériel. Plus d'une fois, elle avait reporté des entretiens qu'elle voulait faire en extérieur, gênée par les rafales. Dans sa carrière de documentariste, les conditions propices pour écouter le vent sans qu'il ne vous débusque se comptaient sur les doigts de la main. Jamais on ne pouvait l'enregistrer de face : il fallait s'abriter contre un mur, une surface, demeurer néanmoins assez proche pour témoigner de son passage.

Un nouveau bruit de pas, isolé cette fois-ci, glissa dans le paysage sonore. Au lieu de traverser l'espace entre les deux préfabriqués, Johanne le sentit croître dans sa direction. Elle attendit qu'il soit tout proche pour ouvrir les yeux : Léa se tenait devant elle, intriguée. Muette, de peur de troubler le moment.

Johanne lui fit signe de s'accroupir. Elle lui glissa ses écouteurs dans les oreilles et son micro entre les mains, puis s'écarta de quelques centimètres pour lui laisser la place.

La documentariste examina le visage de Léa baigné de concentration, émue. Ses paupières s'abaissèrent à leur tour. Les deux femmes demeurèrent accroupies l'une contre l'autre, leur propre souffle happé par celui du continent.

Apollinaire observa Zlato s'éloigner, la joue appuyée au hublot.

Il ne saurait jamais si autre chose se cachait sous le cairn. Il faudrait pour cela attendre qu'une autre équipe d'archéologues soit conviée sur le site, dont il ne ferait pas partie. Il jeta un regard à Véra, Ludovic et Oliver, installés près de lui dans la cabine d'hélicoptère. Se demanda si ses collègues couvaient les mêmes pensées.

Il sortit de sa poche le morceau de papier sur lequel Dimitri lui avait griffonné son contact. Il le recopierait plus tard, avant de l'égarer. L'hélicoptère prit de l'altitude, Zlato disparut complètement. Ils survolèrent de nouveau le plateau blanc de l'inlandsis qu'ils avaient parcouru trois jours plus tôt. Les nunataks crevaient toujours la glace comme des vigiles du bout du monde, surveillant un miroir où rien ne se passait.

Un homme sur l'inlandsis aurait été à cet instant une fourmi minuscule – un insecte égaré porteur d'une mission incompréhensible, à l'abordage d'une table de cuisine couverte d'un drap blanc.

Il croisa le regard fatigué d'Oliver assis en face de lui, qui lui sourit avec complicité. Le jeune homme s'efforça de ne pas penser au jour où chacun d'eux retrouverait le cours de sa vraie vie ; où leur séjour à Ubunto ne serait plus rien d'autre qu'un souvenir poignant.

Il s'absorba à ses rêveries, les yeux perdus dans tant de blanc. Il n'aurait guère su dire si deux minutes ou une demi-journée étaient passées quand Oliver lui signala d'un discret coup de coude de regarder à sa propre fenêtre. Il se pencha et reconnut la bande lumineuse des eaux libres, puis les reliefs d'Ubunto-bay. Son cœur frémit d'une joie inattendue.

L'appareil amorça un virage. La côte, les icebergs au loin, et même le squelette du *White Out* apparurent dans le rond du hublot. Les racines dénudées de la serre de Zlato dansèrent comme une image subliminale au-dessus de la baie. Chez lui, chez eux… Voilà où ils allaient. Un chez-soi temporaire, peut-être, auquel il n'avait pas moins l'évidence d'appartenir. Une larme s'accrocha à ses cils. Il l'essuya vivement et reflua les autres candidates, le dos tourné.

Aurait-il ressenti le même trouble en revenant à Mayotte ? Cette île-là était loin, désormais. Dilma était partie pour d'autres horizons et plus personne là-bas ne l'attendait, à part quelques cousins. La joie de bientôt retrouver Léa et Corentin, Rachida et Johanne, Yasser et tous les autres, lui arracha un sourire. Il avait de nouveau huit ans, les vagues de l'océan Indien jouaient contre ses chevilles. Il était à sa place aussi sûrement que l'eau de mer imprimait sur sa peau un duvet invisible.

Tous les êtres vivants ne peuplent pas le monde de la même manière : le monde, en miroir, ne les habite pas de la même façon.

L'Antarctique se loge plus volontiers au cœur d'un iceberg, dans le duvet d'un jeune manchot ou dans le ventre d'une baleine, que dans la poitrine d'un humain. Ceux que la glace et la lumière intarissable colonisent malgré tout, prêtent allégeance sans le savoir à des espaces trop grands pour séjourner dans un seul corps. Où qu'ils se rendent, ils porteront en eux cette empreinte sur le corps, là où le monde les a foulés.

Habitants habités de la Terre, tous les vivants partagent le même zéro d'appartenance et de solitude : peuplés de paysages qui les ont retournés comme un gant, dont ils deviennent une excroissance, la bouture endémique.

Certains *chez-soi* sont suspendus aux branches des arbres, blottis au cœur d'un coquillage.

D'autres logis sont vastes comme un océan, mobiles comme le ventre d'un requin ou la cale d'un navire. Certains supportent des fondations de roche, de glace ou de béton de plusieurs tonnes, des amarres végétales qui plongent à cent mètres sous terre, ou des nids provisoires de brindilles. D'autres se font et défont à chaque saison – comme le duvet de la banquise. Ils n'offrent pas de prises aux racines des vivants. Quelques-uns y reviennent malgré tout : pour mourir, donner naissance et s'accoupler – ou se nourrir de krill et de lumière.

7

Johanne ouvrit les yeux, un bras glissé sous ses épaules.

Dans la pénombre de la chambre, elle mit quelques secondes à se rappeler où elle était, qui était avec elle. Sans faire un geste, elle détailla tous les endroits où sa peau nue buvait la chaleur de ce corps. Les ronflements qui l'avaient réveillée au milieu de la nuit avaient fini par s'apaiser, condensés dans un souffle paisible.

Elle tourna son visage vers celui d'Oliver : les détails et les rides de sa peau étaient gommés par la semi-obscurité. Elle avait remarqué à quel point sa figure s'animait lorsqu'il était plongé dans une conversation : la joie, l'étonnement, l'enthousiasme, coulaient sur son visage comme un flot ininterrompu – une eau qui ne pouvait faire autrement que de se teindre des couleurs qui la traversaient. L'inverse de son propre visage auquel on avait souvent reproché un flegme intimidant.

Allongée dans le noir, les traits désormais aussi calmes que la mer au matin, cette figure-là aurait pu être celle de n'importe qui : ses amantes et amants précédents, celui à qui elle avait fait l'amour quelques heures plus tôt.

Ils s'étaient salués poliment tout à l'heure à la cafétéria, entourés d'autres résidents curieux d'entendre le récit des archéologues revenus de Zlato. Elle s'était approchée de lui dès lors qu'ils étaient seuls. Ils avaient retiré leurs vêtements avec une familiarité inattendue.

Oliver dodelina de la tête et remua la jambe, les yeux encore fermés. Johanne approcha son visage de ses lèvres endormies, les embrassa. Elles s'animèrent lentement, lui répondirent avec tendresse après quelques secondes. Il passa la main dans son dos, explora le chemin de sa colonne vertébrale, dériva vers ses reins. Elle sentit la chaleur affluer dans son ventre. Oliver ouvrit les yeux à cet instant : ils disaient le désir et une sorte d'étonnement enfantin. Il écarta légèrement son visage du sien pour l'observer, arrêta calmement sa main lorsqu'elle saisit son sexe pour l'approcher de son bas-ventre.

— Et si on prenait notre temps ?

Elle obtempéra, surprise, reposa ses épaules sur le matelas. Très lentement, les doigts de l'archéologue explorèrent ses pommettes, suivirent la courbe de sa mâchoire. Son souffle descendit vers ses oreilles, son cou, sa clavicule. Il n'avait pas dépassé son nombril que vingt minutes étaient déjà passées. Johanne fermait les yeux par intermittence. La lave remuait dans son corps, coulait vers son bas-ventre qu'il se contentait d'effleurer. Ses doigts glissèrent contre ses cuisses. Johanne sentit une plainte, un chant de Terre monter dans sa poitrine, qu'il but à même ses lèvres.

Elle avait oublié : le temps, la guerre et son prénom, lorsqu'il s'ancra en elle et qu'elle jouit à nouveau.

Apollinaire ferma la porte du labo. Fouetté par le blizzard, il s'agrippa à la courroie orange pour parcourir le champ de brume entre les deux préfabriqués. Arrivé devant Shackleton, il actionna le verrou et s'engouffra à l'intérieur, soulagé.

Le brouhaha vibrant et chaud des discussions du réfectoire s'éleva dans son dos. Un groupe d'une dizaine de personnes était assis en cercle. Il s'étonna de ne voir aucune bière sur les tables, ni même de jeux de société. Des nuées de couleurs s'élevaient au-dessus d'eux, comme un geyser en ébullition.

— Rachida dit qu'ils ne seront que trois.

— C'est toujours comme ça que ça commence. À la saison suivante, on se retrouvera avec un tiers des places allouées aux militaires…

Bien sûr, ils parlaient des annonces du matin. Il s'avança de quelques pas. Léa l'aperçut et lui fit signe de la rejoindre sur la banquette. Yasser, Corentin et Johanne étaient à côté d'elle – la documentariste, comme toujours, brandissait son micro comme le prolongement de son corps. Apollinaire haussa les épaules en signe d'impuissance : Oliver l'attendait au labo, il n'était venu là que pour chercher Véra en salle informatique. Il s'attarda pourtant quelques minutes, l'oreille traînante.

Trois officiers étaient attendus à Ubunto dans une dizaine de jours. Rachida leur avait rapporté l'explication que l'Agence des pôles tenait elle-même du ministère de l'Intérieur : suite à l'escalade des tensions en Arctique, mais aussi aux États-Unis et en mer de Chine, plusieurs bases d'Antarctique s'étaient vu imposer des renforts militaires. Il était impossible de connaître le nombre réel de soldats missionnés sur les plus importantes bases du continent, malgré les chiffres annoncés.

Ils avaient protesté ouvertement : il n'était pas rare que des militaires viennent en Antarctique pour renforcer les équipes scientifiques et leur prêter main-forte sur des missions dangereuses. Se protéger des risques naturels du continent était une chose ; amorcer un mouvement de militarisation défensive était d'une tout autre portée, qui faisait fi des principes fondateurs du Traité de l'Antarctique et pouvait provoquer une surenchère. Rachida n'avait pas démenti. On avait rappelé l'étrange façon dont les archéologues s'étaient vu congédier de Zlato en plein milieu de mission, également contraire au traité. Les débats avaient repris de plus belle.

— On pourrait peut-être prendre la parole avec les autres bases, suggéra Léa. Pour au moins dire qu'on ne va pas rester les bras croisés ?

Un silence agité suivit sa proposition. L'aura au-dessus du groupe bleuit légèrement, striée en maint endroit de courants sombres. Apollinaire ressentit de plein fouet des émotions mêlées : colère, inquiétude, frustration, hésitation…

— Je pense aussi qu'il faut faire quelque chose, mais je doute que les gens s'intéressent à un communiqué de plus, réagit Yasser. Le monde a d'autres choses à faire que de penser à l'Antarctique en ce moment. Il faudrait réussir à surprendre, interpeller les bonnes personnes…

D'autres idées fusèrent. Apollinaire se rappela pourquoi il était là, s'arracha au groupe et rejoignit Véra en salle informatique. Il la trouva absorbée dans des diagrammes tortueux. Elle termina de recopier quelque chose dans son carnet de notes, l'invita à s'asseoir.

— Qu'est-ce que tu fais ? hasarda-t-il, observant les deux courbes sur l'écran cernées par un nuage de points.

— Ce sont des courbes dendrologiques. Ça permet de dater l'âge du bois selon sa région d'origine. Je cherche où le *White Out* a pu être assemblé.

Il profita de cette évocation pour rebondir sur le stylo : Oliver et lui avaient passé une partie de la matinée à le mesurer, l'analyser, puis à le dessiner. Apollinaire avait finalement suggéré d'ouvrir l'objet par l'embouchure pour sonder l'intérieur. Si aucune inscription n'était marquée sur les pourtours externes de l'objet, peut-être qu'une gravure interne permettrait de trouver d'autres indices ?

La chercheuse le dévisagea un instant.

— Et alors ? Vous l'avez fait ?

— Oliver pense que c'est un vrai restaurateur qui devrait s'en charger. Mais il m'envoie en pigeon voyageur, pour te demander ton avis.

— Il a raison. En tout cas sur le premier point.

Le jeune homme retint un soupir. Bien qu'il s'efforçat de jouer le jeu et d'être aussi docile que sa patience le lui permettait, toute cette lenteur protocolaire le fatiguait. Peut-être n'était-il pas vraiment fait pour être archéologue.

— En même temps, réfléchit sa voisine à voix haute, s'il y a quelque chose d'autre à l'intérieur, qui n'est pas en acier comme le stylo, ça peut se dégrader très vite, maintenant que nous l'avons sorti de son milieu.

— Quelque chose d'autre ?

Véra caressa de l'index la branche de ses lunettes. Son regard se perdit dans le vide puis revint à l'écran. Elle chargea ses diagrammes sur une clé USB puis lança une nouvelle recherche. Des schémas de stylo d'une grande complexité s'affichèrent très lentement : à elle seule, l'anatomie d'une plume faisait l'objet de croquis détaillés, précisant l'emplacement d'un œil, de dents, d'un bec, d'épaules et de talons. À croire qu'ils avaient retrouvé sous ces pierres une statuette humaine. Véra lui expliqua qu'elle cherchait à comprendre les mécanismes d'ouverture de l'artefact, n'ayant encore jamais eu l'occasion de travailler sur ce type d'objet.

— Allez, viens, trancha-t-elle après dix minutes. Il faut en discuter avec les autres. Et que j'examine de mes yeux le système d'ouverture.

Ils traversèrent le couloir en sens inverse et dépassèrent le groupe, toujours absorbé dans ses manigances. Johanne sortait des sanitaires et les croisa à cet instant. L'apprenti archéologue ressentit une pointe de fierté en voyant son halo se dilater, tandis qu'ils lui racontaient la manœuvre qu'ils s'apprêtaient à faire. La jeune femme jeta un regard hésitant sur le groupe, puis attrapa son matériel pour les suivre au laboratoire. Apollinaire s'étonna malgré tout que la jeune femme accorde sur le moment plus d'importance aux messages du passé qu'aux discussions en cours.

47

Un silence concentré, ponctué de discrets frottements de scalpel, planait sur le laboratoire.

Johanne ralluma son micro : l'équipe d'archéologues venait à bout de son labeur. Avec mille précautions, Oliver retira la plume et son prolongement métallique de l'embouchure.

Ils avaient longuement débattu des risques et des approches pour passer à l'action. Les mécanismes complexes à l'intérieur du stylo pouvaient permettre au spécialiste qui examinerait l'objet une fois rapatrié en France d'identifier sa date de conception, sa provenance géographique et même son fabricant précis. Autant d'indices précieux qu'il ne s'agissait pas de saccager.

Oliver déposa délicatement la plume à côté d'eux, saisit la lampe UV que Véra lui tendait. Il s'accroupit pour placer son œil droit en face de l'embouchure.

L'archéologue tenta de scruter l'intérieur sans dévier le faisceau lumineux. Quelques secondes passèrent.

— Je ne vois pas de cartouche dans le réservoir, expliqua-t-il. Par contre, j'ai l'impression qu'il y a quelque chose d'autre, au niveau de la bague intérieure. Un truc très fin.

Johanne détailla le visage de ses compagnons ; l'intensité de leur regard face à un si petit objet donnait au moment qu'ils vivaient un aspect à la fois incongru et théâtral. Oliver invita Apollinaire à prendre sa place. Véra et Ludovic passèrent juste après lui.

La documentariste s'approcha en dernier et s'accroupit devant la table. Effectivement, une matière claire et mate ressortait sous l'effet du faisceau.

Oliver s'attela à extraire la mystérieuse relique à l'aide de pinces et de scalpels. Véra tenait la lampe à ses côtés. À défaut de pouvoir les aider, Apollinaire et Ludovic se tenaient légèrement en retrait, suspendus à leurs gestes.

— *Scheisse.* C'est extrêmement friable, jura Oliver en posant son scalpel pour écarter les mèches qui tombaient dans ses yeux. On va en avoir pour une heure, au moins.

Le blizzard continuait de rouler sur les vitres. Johanne se recula de quelques mètres pour laisser un peu d'air à ses voisins, observa distraitement le reste du laboratoire : sa table et ses chaises PVC, ses pioches, ses brosses et ses pinceaux alignés sur les étagères, ses échantillons de tourbe, ses croquis, ses clous de fer et de cuivre cabossés et ses autres reliques.

Après un long labeur, un petit rouleau beige pointa son nez à l'embouchure du stylo. Sa texture fine rappelait en tout point celle du papier à cigarette.

Oliver lança un regard intense à Johanne ; chargé de joie et de tendresse, mais aussi d'une étrange gravité. Elle détourna le visage, mal à l'aise, pour se concentrer sur l'objet – évitant également les yeux d'Apollinaire, à qui rien n'échappait.

Oliver déposa le rouleau sur un tissu ouaté. Véra prit la relève et s'attela à le déplier très lentement. Le groupe se resserra autour de la table.

Un long murmure fébrile les parcourut : de premières inscriptions prenaient forme au fur et à mesure que le papier se déroulait ; des lettres minuscules écrites à l'encre noire, estompées par endroits. L'air autour d'eux vibrait à une fréquence particulière. Johanne pinça les lèvres ; son regard brillait lui aussi. Elle se souvint d'une exposition russe sur les prisonniers du goulag, de croquis là aussi esquissés sur du papier à cigarette. Une tactique éprouvée mais dangereuse pour exfiltrer des poèmes, des dessins, des messages politiques, parfois même des romans ou des essais entiers.

— C'est du latin ? s'enquit Apollinaire en approchant son visage de la table.

Oliver secoua la tête. Johanne était trop éloignée pour déchiffrer quoi que ce soit. À leur invitation, elle examina à son tour les pattes de mouche sur le petit papier rectangulaire ; elle fronça les sourcils. Les lettres étaient en alphabet latin. Ce détail mis à part, il était difficile de rattacher les mots à une seule langue connue. L'encre partiellement effacée n'aidait en rien. Elle lut une seconde fois, plus attentivement.

Le texte faisait penser à plusieurs langues. Certains mots relevaient du latin, de l'italien et de l'espagnol. Les accents n'allaient pas sans rappeler des apostrophes propres aux langues slaves. Pour ne rien gâcher, quelques passages évoquaient phonétiquement le russe et le bulgare.

Johanne sourit intérieurement. Une langue, en particulier, avait la faculté de déconditionner celui ou celle qui l'apprenait des habitudes et des logiques propres à sa langue natale.

Son regard s'éclaira en parcourant une nouvelle fois le texte. Son intuition se confirmait, sans qu'elle parvienne à s'expliquer comment cette étrangeté se retrouvait ici, en Antarctique.

— On dirait de l'espéranto, expliqua-t-elle. Il faut le vérifier avec un spécialiste.

Mondo, Vento, Laboro, Batalant, Espéranto…

Trois coups à la porte de la chambre tirèrent Apollinaire de ses rêveries. Les mots dansaient comme des oiseaux entre ses deux oreilles.

Léa pénétra timidement dans la pièce : il discerna avec surprise les traînées noires qui entachaient son halo mauve, avant de remarquer ses yeux rougis.

— Je peux ? articula-t-elle d'une voix éteinte, en montrant du menton son matelas.

— Fais comme chez toi.

Léa s'assit à ses côtés, fixa quelques instants le mur d'un regard vide.

— Je viens de larguer Corentin.

— Quoi ?

Elle hocha tristement la tête, évitant son regard.

— Mais, intervint Apollinaire, je croyais que c'était le grand amour, entre vous.

Un ange passa.

— J'ai dû mal comprendre, conclut-il.

Léa tourna vers lui des yeux à marée haute.

— Tu peux me prendre dans tes bras, juste une minute ?

Il camoufla son étonnement, passa maladroitement un bras autour de ses épaules, puis un second. Léa laissa mollement tomber sa joue sur son tee-shirt. Apollinaire oublia son trouble lorsque des soubresauts se mirent à secouer le dos de la jeune fille, et qu'il comprit qu'elle sanglotait sans bruit. Il frictionna son pull, déboussolé, respirant ses cheveux à l'odeur de vanille.

— Il va s'en remettre, t'en fais pas…

La tête de Léa remua faiblement. Sa main agrippa nerveusement le tissu de sa manche. Apollinaire attendit, saisissant mal le désarroi de son amie. Il n'avait jamais dû quitter qui que ce soit, et ne connaissait pas les affres de conscience de ces bourreaux du cœur. Les rares épisodes amoureux de sa vie se résumaient à des fantasmes qui n'atteignaient jamais le stade d'une relation. Il ne regrettait pas de n'avoir jamais rien envisagé avec Léa. Cette longue étreinte était déjà bien au-delà de tout ce qu'il aurait imaginé.

La jeune fille s'écarta en s'essuyant les joues, puis sourit faiblement pour se donner une contenance.

— Une base en Antarctique, c'est pas l'endroit rêvé pour éviter son ex, releva-t-elle.

— Non, pas vraiment.

— Dès que la tempête se termine, je m'en vais quelques jours avec Hilde et Daniel pour faire des prélèvements sur Uzuri. Ça fera une coupure, c'est déjà ça.

Apollinaire chercha ses mots.

— Mais vous allez pouvoir vous reparler, quand même ?

Depuis son retour de Zlato, leur trio amical avait retrouvé sa complicité des débuts. Ils avaient passé une soirée entière dans sa chambre à discuter de ses aventures chez les Russes, du malaise de Johanne en face d'un iceberg, de cette crise au pôle Nord et de ses ondes de choc sur le reste du monde. Aucun doute, ce retournement-là ébranlerait à nouveau leur équilibre. Léa haussa les épaules.

— J'espère. Je l'aime toujours comme toi, comme un ami. Ce qui est terrible, avec moi, c'est que je ne tombe jamais amoureuse des gens bien, ça finit même par me faire fuir. Ce qui fonctionne sur moi, ce sont les hommes qui me méprisent.

Un silence s'écoula.

— Et tu arrives à en trouver ? s'étonna-t-il, plus pour dire quelque chose.

— À trouver quoi ?

— Des gars qui te méprisent et ne veulent pas de toi ?

— Bien sûr, des tas.

— Ah…

Il songea pour lui-même qu'il n'arriverait jamais à faire semblant de mépriser une fille qui lui plaisait, même si c'était pour conquérir son cœur.

— C'est vrai que c'est pas trop le style de Corentin, releva-t-il. Ubunto, d'une façon générale, c'est pas un repère de bad boys.

Léa rit nerveusement. Le halo mauve de la jeune fille s'éclaircit. Elle s'affaissa contre le mur, croisa ses mains sur ses genoux.

— Je suis vraiment tordue. Je me fatigue toute seule.

— T'es une humaine, c'est tout. Tout le monde est tordu.

Elle acquiesça.

— À différents degrés, oui. Je vois une psy depuis que je suis adolescente, tu te rends compte ? J'ai même eu des troubles alimentaires, au lycée.

Léa était menue sans être maigre, et il la regarda, étonné. Les volutes noires qu'il avait remarquées sur son ventre au moment des repas s'expliquaient tout à coup.

— Bah moi, j'ai carrément des hallucinations, soupira-t-il.

La phrase était sortie toute seule ; comme si c'était un autre qui l'avait prononcée à sa place.

— Des quoi ?

Léa le regardait intensément. Il ne répondit pas, accroché à l'espoir qu'elle ait mal entendu.

— Des hallucinations ?

Ses pensées fuyaient comme la mer, aspirées par une vague prête à le recouvrir. Il observa ses mains sur ses genoux, plissées et abîmées par les heures de travail en plein air. La pigmentation plus claire de ses ongles, les rivières brunes qui coulaient dans ses paumes.

— Hé, Apo. Je suis ton amie, tu peux me parler, reprit Léa. Tout le monde est tordu, c'est toi qui viens de le dire.

— À différents degrés, répéta-t-il en grimaçant.

Il ferma les yeux. Considéra les options qui s'offraient à lui, tétanisé.

— Si tu préfères, intervint-elle, on parle d'autre chose. Je ne voulais pas te mettre mal comme ça.

Il acquiesça, les yeux toujours fermés. Une tristesse sourde enserrait sa poitrine ; il n'en comprenait pas l'intensité ni l'origine. L'envie de se rouler en boule et de rentrer sous terre s'empara de lui. Il se sentait terriblement seul, encombré de lui-même.

— Tu peux me prendre dans tes bras, toi aussi ?

Elle sembla soulagée de sa proposition. Les cheveux crépus du jeune homme s'affaissèrent dans son cou. Léa le serra fort, bien plus qu'il n'avait osé le faire avec elle. Il avait envie de pleurer, lui aussi, mais se retint. Il se sentait si bien dans la chaleur de cette poitrine. Il n'osa pas en abuser et s'écarta après quelques secondes. Il croisa simplement le regard de Léa, qui souriait avec douceur.

— Yasser a eu une idée très spéciale, il faut que je te raconte.

Il se redressa et reprit ses esprits, reconnaissant de cette diversion.

— Par rapport aux militaires ?

— Oui. Mais ça va vraiment loin.

Tout était parti d'une image : celle des glaciers de l'Antarctique brûlant comme des bibliothèques. Hilde avait suggéré que le travail d'un glaciologue était proche du métier d'archiviste. Parce qu'elle emprisonnait les éléments chimiques de toutes les atmosphères qui avaient circulé à sa surface, la glace préservait la mémoire géologique du monde. Le carottage profond n'était rien d'autre qu'une technique scientifique permettant d'explorer les plus anciens registres du continent.

En réaction, Yasser avait sous-entendu que la vision de livres en feu indignerait bien davantage que celle de glaciers en péril.

— Quel rapport avec les militaires ?

— C'est un symbole : leur arrivée remet en cause l'un des fondements du Traité de l'Antarctique, le pacifisme. Et le projet de préserver le territoire des convoitises humaines.

Le groupe s'était interrogé : Ubunto-bay était une communauté secondaire et pesait peu de poids à l'échelle du continent. Une initiative unilatérale risquait au mieux de rester inaudible, au pire de leur attirer des ennuis. Leur accès au réseau des autres bases permettait en revanche d'influencer une prise de position commune.

— Je ne comprends toujours pas ce qu'on va faire.

— Brûler des livres sur la banquise.

Il la dévisagea.

— Pour en faire un film, précisa Léa. On l'enverra ensuite aux autres, avec un manifeste.

Apollinaire fronça les sourcils.

— Un manifeste seul, ça ne suffit pas ?

— Il y a plus d'une vingtaine de pays sur ce contient. Avec les deux, on aura plus de chances de se faire comprendre.

7

Dans son lit, Johanne relut une nouvelle fois le texte qu'elle avait recopié sur un morceau de papier vierge, en tentant de combler les passages effacés par le temps.

D'où venait ce marin qui avait fait le choix de laisser son message, peut-être sa toute dernière pensée, non pas dans sa langue d'origine, mais en espéranto ? S'il avait bien écrit ce texte à l'aube du vingtième siècle comme les archéologues le supposaient, son pari n'était pas insensé : des romans, des chansons, des congrès utilisant l'espéranto germaient de part et d'autre de la planète à cette époque.

Johanne tenta de se rappeler ce qu'elle avait appris quelques années plus tôt, au cours d'une formation. L'inventeur de l'espéranto, un ophtalmologue juif vivant à Varsovie, avait été décrit comme un homme utopiste. De l'Europe à la Russie impériale, en passant par les Amériques, le Japon et la Chine, l'espéranto s'était diffusé avec une étonnante rapidité peu de temps après la publication de son premier manuel d'apprentissage. La langue s'apprenait facilement : proche du chinois dans sa grammaire, son alphabet et son lexique indo-européen agglutinaient un drôle de syncrétisme. Mais les deux guerres mondiales avaient freiné l'essor de l'espéranto, et avec lui les espoirs soulevés. Malgré la beauté du concept, la documentariste elle-même en avait négligé l'apprentissage.

Johanne bâilla et reposa le morceau de papier sur sa table de chevet. Un océan de lettres cyrilliques, d'idéogrammes japonais et de sigles d'inuktitut dansa bientôt sur les murs de la pièce comme des ombres chinoises. Quand elle se réveilla, un large pan d'azur flottait à la fenêtre de sa chambre : elle avait oublié de fermer le store en s'endormant. La tempête des derniers jours n'était plus qu'un songe dans le paysage.

Devant le réfectoire, la jeune femme rejoignit la salle informatique avant même d'aller prendre son petit-déjeuner. Un vague d'excitation la traversa en découvrant que le linguiste qu'elle avait contacté la veille lui avait déjà répondu.

Elle lut une première fois sa traduction, surprise. Son sourire s'étira à la seconde lecture. Elle recopia les quelques lignes et se hâta de regagner le réfectoire pour trouver les archéologues.

Oliver, Apollinaire, Véra et Ludovic terminaient d'empaqueter leurs sandwichs près du self, non loin des tables de petit-déjeuner. Véra lut la traduction la première. Ses sourcils se plissèrent de multiples manières, sans que Johanne puisse deviner si elle était émue, déçue, ou simplement déconcertée. Apollinaire et Oliver se penchèrent sur l'épaule de Ludovic tandis que le papier passait de main en main.

— On dirait bien que l'Antarctique attire les poètes comme des mouches, soupira Oliver en jetant un regard amusé au jeune volontaire. Qu'est-ce qu'on va faire de ça ?

Apollinaire haussa les épaules sans se démonter.

— Tu n'as pas bien compris. Quand les mouches viennent ici, l'Antarctique les transforme en poètes.

Johanne se mordit les lèvres, regrettant de ne pas avoir son micro avec elle à cet instant. Le regard des archéologues revint à elle. Des interprètes, on attendait souvent plus que la traduction – comme s'ils étaient capables de transcrire également les non-dit.

Elle les laissa là, retourna à sa chambre pour les rejoindre quelques minutes plus tard, audiophone à la main. Son papier reposait toujours au centre de la table.

— Apollinaire, demanda-t-elle. Tu pourrais me décrire ce qui vient d'arriver ?

Il la considéra, vaguement étonné. Tout le monde avait pris l'habitude de ses questions à brûle-pourpoint, qui demandaient d'expliciter tantôt ce qu'ils voyaient, sentaient, ou même ce qu'ils étaient en train de faire. Les autres archéologues interrompirent leurs discussions pour écouter sa réponse.

— Eh bien… On avait rapporté ce stylo, un artefact près de Zlato. On a trouvé dedans un morceau de papier, avec des inscriptions dans une langue inconnue. Tu viens de confirmer qu'il s'agit d'un poème, en espéranto. Et de nous apporter sa traduction.

— Qu'est-ce que tu penses de ce poème ?

— C'est… beau. Mais un peu frustrant. Ça ne nous donne aucun indice sur le *White Out*, ni sur le marin qui a écrit le texte.

— Tu pourrais me le lire ? Lentement ?

Apollinaire rougit. Il hocha néanmoins la tête, attrapa le papier et s'éclaircit la gorge. Johanne approcha son micro à quelques centimètres de ses lèvres.

Dans le monde a surgi un sentiment nouveau,
À travers le monde passe un puissant appel ;
Sur les ailes d'un vent favorable
Qu'il vole maintenant de lieu en lieu.

Sous le signe sacré de l'espoir
Se rassemblent des combattants de la paix,
Et c'est rapidement que la cause croît
Grâce au travail de ceux qui espèrent.

D. L. Adams

8.

Antartica 451

La conscience : où commence-t-elle ? Où prend-elle fin ? Peut-on la séparer des espaces qu'on habite, des êtres que l'on côtoie ?

Une intuition étrange pousse parfois un manchot à s'enfoncer à l'intérieur des glaces. D'autres jurent avoir vu des dizaines de baleines s'échouer comme un seul être sur le rivage et partager l'ultime épreuve. Il arrive même aux algues de renoncer à vivre à la suite d'un choc sensoriel trop brutal. Chez tous ces êtres, la conscience se rétracte et s'étend au gré des variations de la lumière, de l'influence de leurs semblables et des espaces qui les traversent.

Désorientation ; douleur ; solidarité avec un parent malade ou avec l'espèce entière : la mort a ses raisons que la raison ignore. Faut-il être inconscient pour accomplir un acte d'autodestruction sur son corps, ses semblables, son milieu ?

Réponse paradoxale : seuls les individus capables de conscience peuvent se donner la mort volontairement. Les autres, dit-on, répondent à un instinct qui les déborde.

Debout devant la porte du réfectoire, Apollinaire parcourut sa BD une dernière fois.

Il sentit sa poitrine se serrer en feuilletant les planches où s'égrenaient des icebergs et des glaciers prisonniers de leurs cases. Le trait du dessinateur était précis et économe ; surtout, il était parvenu à saisir des nuances de couleurs et de formes que seule une personne familière à l'Antarctique pouvait restituer.

Apollinaire se souvenait trop bien de l'occasion qui l'avait convaincu de s'offrir cet ouvrage, six mois plus tôt : le jour précis où il avait appris que, contre toute attente, il partait finalement pour l'Antarctique.

Il referma l'ouvrage d'un geste sec et le plaça à contrecœur au sommet de la pile où la moitié des résidents avaient déjà offert leur part du sacrifice : des essais, des romans, s'empilaient sur le sol en colonnades irrégulières, comme une brocante improvisée.

Des livres qui jusqu'alors avaient été échangés, feuilletés, redécouverts à chaque tempête. À ceux-là s'ajoutait une quinzaine de volumes directement tirés de la bibliothèque.

— Tu n'es pas obligé de participer, lui rappela Yasser, à côté du butin.

— Où va-t-on les brûler ?

— Plus loin, à l'entrée d'Ubunto ; aucun risque par là-bas que le feu se propage.

Apollinaire se rappela cette soirée où Yasser dansait sur un tube du siècle précédent avec autant de dérision. Son voisin arborait à présent une barbe de plusieurs jours et un sérieux qui semblaient le vieillir de dix ans. Son halo jaune frangé de reflets rouges et violacés lui donnait ce matin un air charismatique.

— Tu penses vraiment que ça va… provoquer quelque chose ? hasarda Apollinaire.

— Non. Mais je pense qu'on se doit d'essayer. Si quelqu'un a une meilleure idée, je suis prêt à changer d'avis.

Le regard de Yasser s'attarda un instant sur l'un des manuscrits, posé tout au bas de la pile. *Fahrenheit 451.*

— C'est le tien ?

L'électricien hocha la tête.

— 451 degrés fahrenheit, c'est la température à partir de laquelle un livre s'embrase et se consume. Tu le savais ?

Évidemment, le jeune homme n'en avait aucune idée.

— Tout ça n'est rien qu'une expérience, soupira Yasser. L'important, c'est de faire réagir les autres bases. On tente quelque chose, avec les moyens du bord. Il faut espérer que ça inspire d'autres initiatives… Il en faut parfois moins pour mettre le feu aux poudres.

— C'est le cas de le dire.

Sortant d'un autre préfabriqué, Apollinaire vit Hilde venir à leur rencontre. La glaciologue déposa sans un mot le livre qu'elle tenait à la main : *L'Équation des glaces*.

— Je ne savais pas que tu avais écrit un bouquin, s'exclama Apollinaire en attrapant l'ouvrage.

Elle haussa les épaules.

— Une version vulgarisée de ma thèse. Mon éditeur en a pilonné tout un stock, alors un de plus ou de moins…

Apollinaire resta pantois.

— Pas d'inquiétude, glissa-t-elle. Il m'en reste une trentaine à la maison.

Yasser et elle échangèrent un regard. Elle tourna les talons et repartit d'où elle était venue.

7

La deuxième allumette craqua dans un bruit sec.

Johanne tendit son micro vers la flamme, traversée par d'étranges sentiments. Elle conserva toutefois cette attitude d'observatrice qu'elle s'était assignée.

Ironie du sort, le malheureux Yasser avait dû s'y reprendre : au premier essai, l'allumette suspendue à quelques pas du tas de livres avait été soufflée par le vent. Corentin et Léa filmaient la scène avec leur téléphone, postés aux deux bouts du bûcher. Les eaux libres de la baie n'étaient qu'à quelques dizaines de mètres ; les préfabriqués de la base, une masse rectangulaire au sommet de la presqu'île.

Ils étaient une douzaine à s'être réunis pour assister à l'événement. Allumette à la main, Yasser lança un regard circulaire sur le groupe. Comme une invitation à formuler une dernière fois son désaccord.

Le silence l'emporta : depuis le départ, l'idée s'était concrétisée grâce à l'aplomb de quelques-uns, l'indécision des autres. Malgré les abstentions et les réserves, personne ne souhaitait s'opposer à la seule tentative imaginée par l'un d'entre eux.

La flammèche vacilla sur son bâtonnet, là où Yasser l'avait posée. On pouvait supposer que le livre le plus proche s'embraserait aussitôt au contact de l'allumette ; au lieu de quoi, la flamme se consuma jusqu'au bout de la tige. L'allumette rougit puis noircit, tordue par la chaleur. Finalement, elle expira en filet de fumée, laissant intacts les livres alentour.

Un toussotement se fit entendre. Yasser craqua une nouvelle allumette, mal à l'aise ; il saisit de son autre main le manuscrit au sommet de la pile : *L'Odyssée de l'Endurance* de Shackleton, tiré de la bibliothèque commune. Il ouvrit le livre au hasard et offrit la chair tendre à cette flamme minuscule. Cette fois, le papier s'embrasa. Toutes les pages en mille-feuille sursautèrent dans un bruit de poussière et de vent. Le papier rougit puis se rétracta, s'effrita en neige noire dans l'atmosphère.

Yasser posa le livre au sommet de la pile. Le feu prenait plus lentement qu'ils ne l'auraient pensé. Ils regardèrent la couverture se tordre lentement, le titre disparaître et se changer en braises.

Trois autres livres s'enflammèrent simultanément : Johanne eut le temps de reconnaître *Le Premier Homme* de Camus, les *Mémoires d'Hadrien* de Marguerite Yourcenar, et une bande dessinée avec un dessin de banquise sur sa couverture. Le feu consuma le motif protégé d'un vernis ; l'image des flammes qui calcinaient ce paysage de glaces lui assécha la gorge.

Micro tendu, les craquements et le souffle coupé des livres dans les oreilles, Johanne jeta un œil à Apollinaire, tout proche du bûcher. Il se mordait les lèvres, regard fiché sur sa bande dessinée. D'autres livres s'embrasèrent. La modeste pyramide s'affaissa sur sa base dans un soupir.

Une bourrasque souffla à cet instant.

Johanne sentit une myriade de cristaux mêlés de cendres s'accrocher à sa veste, ses cheveux, à la bonnette de son micro. Le feu qui commençait à prendre trembla dans l'atmosphère, avala une brassée de flocons.

Quelques flammes s'éteignirent. Un fantôme de fumée s'éleva des couvertures carbonisées. Le feu continua malgré tout sa lente progression vers la base, brûlant tout ce qu'il rencontrait.

Johanne tourna la tête ; Apollinaire venait de s'accroupir. Il racla sur le sol une poignée de flocons, qu'il jeta vainement dans les flammes.

Il répéta son geste.

Les autres le regardèrent, interdits.

À sa stupéfaction, plusieurs personnes se mirent à l'imiter.

Yasser d'abord, qui sembla frappé par la foudre. Puis Ludovic.

Son cœur accéléra ; il se baissa une troisième fois pour prendre de la neige et la jeter au feu. Il ignorait ce qu'il faisait.

C'était comme s'ils s'étaient donné le mot : après un instant de flottement, chacun se mit à lancer dans les flammes ce qui lui tombait sous la main. Des fragments de glace arrachés aux rochers. Des poignées de sable, de cailloux ou de neige. Quelqu'un vida sa thermos de café sur le feu. D'autres donnèrent des coups de pied pour disperser les livres, écarter du foyer tout ce qui pouvait l'être.

Un énorme halo rouge s'éleva au-dessus d'eux, absorbant toutes les autres couleurs. L'atmosphère était électrique, les gestes et leur cacophonie, étrangement coordonnés. Un ballet chaotique. Seuls Corentin, Léa et Johanne continuaient d'enregistrer et de filmer, sans savoir où pointer les caméras et les micros dans la frénésie générale.

Tout cela s'étira une poignée de secondes, à peine plus d'une minute.

Le feu termina de s'éteindre. Un nuage de fumée s'élevait au-dessus du petit tas de cendres. Ici et là, des restes de couvertures réduites en miettes ; d'autres livres au trois quarts engloutis, certains à peine noircis ou carrément intacts. Leurs regards balayèrent le sol, comptèrent les survivants, tandis qu'ils reprenaient leur souffle.

Que s'était-il passé ?

Leurs yeux se rencontrèrent, hallucinés et incrédules. Un silence s'étira entre eux, où le vent s'engouffra pour toute réponse.

7

Scalpel. Ciseaux. Bruits de pinceaux feutrés, de travail appliqué sur des grimoires vieux de mille ans, patiemment recopiés dans la pénombre des lieux saints.

Johanne se souvenait comme si c'était hier de sa visite au dépôt de manuscrits de la bibliothèque de Mossoul, bombardée par l'État islamique. Celle de Sarajevo aussi, sept ans auparavant, incendiée par les Serbes pendant la guerre civile. Elle comprenait les motifs de l'autodafé d'Ubunto, misant précisément sur le malaise que provoqueraient des livres en feu. Mais les gestes pointilleux de ces restaurateurs, dédiant parfois plus de cinq ans au soin d'un seul volume, avaient pris trop de sens à cette époque pour ainsi les trahir. Les sept livres emportés dans ses bagages dormaient toujours sur son bureau, intacts.

Elle termina de transférer les fichiers de sa carte mémoire déjà pleine sur son ordinateur. Retraversa l'espace entre sa chambre et le préfabriqué principal. Elle devait repartir le lendemain pour une expédition de quelques jours sur Uzuri avec les glaciologues ; la perspective de reprendre un peu de distance avec le monde des hommes tombait comme une bénédiction.

Elle trouva Yasser et tous les autres assis sur les banquettes. Les vidéos de Corentin et de Léa passaient de main en main – y compris parmi ceux qui n'avaient pas participé aux événements.

Les ouvrages rescapés étaient alignés sur une bâche à l'entrée. Véra et Ludovic se tenaient accroupis devant les couvertures mouchetées de morsures noires et détrempées de neige, inspectant les dégâts. À l'exception d'Apollinaire, aucun archéologue n'avait pris part à la mise à feu. Johanne s'agenouilla à leur niveau.

— Ce sera l'occasion de proposer un atelier restauration à la prochaine tempête, soupira Véra.

La documentariste chercha Oliver un regard : il était installé à l'écart en face de son écran, absorbé. Apollinaire était avec les autres. Ceux qui ne regardaient pas les vidéos commentaient les images et débattaient du revirement.

— On pourrait presque croire que c'est prémédité.

— À l'image, c'est un peu chaotique ; mais ça fait de l'effet !

— C'est même beaucoup plus fort que si vous aviez simplement filmé ces livres en train de brûler vifs jusqu'au dernier…

Du coin de l'œil, Johanne sonda Apollinaire. Le jeune homme demeurait silencieux et paraissait troublé. Personne ne lui avait fait le reproche de saboter l'initiative ; on l'avait au contraire félicité à plusieurs reprises. Juste après l'incident, certains l'avaient interrogé avec Yasser : s'étaient-ils mis d'accord pour éteindre le feu ? Ils avaient démenti, pris de court.

— Où en est l'écriture du manifeste ? s'enquit Johanne.

— Oliver écrit une première version.

Apollinaire prêta l'oreille à la cascade de mots, admiratif.

En vain, il tenta d'en retenir à la volée, d'identifier quelques correspondances avec le texte d'origine. Finalement, il se laissa aller à leur musique : même la voix de Johanne semblait se renouveler d'une version à l'autre. À chaque changement de langue, son aura se teintait de couleurs différentes. Décidément, la documentariste devait descendre du caméléon.

La jeune femme termina la version japonaise, passa aux traductions russes, anglaises et espagnoles dont elle s'était chargée de bout en bout. Yasser s'était occupé de l'arabe ; Oliver, de l'allemand.

— Merci encore, Johanne.

Elle inclina la tête.

— Si vous n'avez plus besoin de moi, je vais me coucher ; on décolle tôt demain matin. J'espère que le message fera effet.

Ils lui souhaitèrent bonne nuit tandis qu'elle s'éclipsait du réfectoire. Apollinaire regarda Oliver observer la jeune femme s'éloigner. Il se demanda comment lui-même réagirait s'il voyait une personne le contempler avec un halo aussi rose que celui de l'archéologue quand ses yeux se posaient sur elle.

Il s'étira ; au-dessus de la porte principale, l'horloge bascula sur deux heures. Léa, Hilde et Daniel étaient partis dormir depuis longtemps. Ils n'étaient plus qu'un petit groupe rassemblé tout autour des banquettes.

Toute cette agitation était-elle bien sensée ? L'autodafé, la vidéo, le manifeste, et maintenant ces traductions… Dubitatif dès le début, le jeune homme n'avait fait que suivre le mouvement. Il s'étonnait encore qu'on l'ait félicité pour son intervention ; il n'avait pas osé faire la remarque que le vent était le seul *vrai* responsable de cette histoire.

Quelque chose s'était produit lorsque les livres avaient pris feu. Un écho de l'Antarctique, soufflant qu'ils n'étaient pas sur la bonne voie. Personne n'aurait verbalisé une telle vision des faits. Mais le trouble entre les résidents qui avaient vu la scène, pris part à ce mouvement contraire pour noyer l'incendie juste après la bourrasque – comme s'ils étaient eux-mêmes *habités* par le vent – corroborait son intuition. Comment nommer ce qui les avait mus ? Une transe collective ? Un sursaut de bon sens ?

Jamais Apollinaire n'avait pris part à une action militante. Cet univers lui était étranger. Si un texte et une vidéo avaient le pouvoir de chasser des soldats, cela se serait su. D'autres agissaient tandis qu'ils étouffaient des feux qu'ils avaient eux-mêmes allumés. Ceux qui détenaient l'argent, le pouvoir, les moyens pour agir.

Se serait-il montré plus concerné s'il avait grandi autrement ? Si on lui avait enseigné à inventer ses propres règles, plutôt que de subir tantôt l'absence d'une mère ou son omniprésence, l'école chaotique de Mayotte ou celle castratrice de Paris, le regard insistant de ses camarades de classe sur sa différence, et celle, plus forte encore, qu'il dissimulait aujourd'hui à ses compagnons ? L'instinct lui avait intimé de tirer son épingle du jeu de toute situation, avant même de rêver à de nobles engagements.

Partir en Antarctique avait été sa toute première revanche – son premier rêve à lui.

ANTARTICA 451

Quelque chose dissone quand nous brûlons des livres.

Quelque chose dissone à voir les glaciers fondre et les soldats remplacer les scientifiques sur ce continent.

Nous ne savons pas ce qu'il faut faire. Nous savons qu'isolés, nous ne pouvons rien. Mais nous savons aussi que l'Antarctique ne doit pas vivre ce qui déchire l'Arctique en ce moment. Comment arrêter l'incendie qui attaque à la fois ce continent et l'une des rares instances qui le protègent ?

Nous invitons toutes les bases qui le peuvent à se manifester pour que nous agissions ensemble, comme un seul pays. Si une idée vous vient, faites-nous signe. Les faits, les chiffres répétés depuis des décennies se perdent dans le vent. Aujourd'hui, il ne nous reste que les symboles. Les glaciers fondent avec leur mémoire. Nos plus vieilles bibliothèques se consument. L'humanité fomente son autodestruction.

Il y a plus de cent ans, un marin échoué sur ces côtes nous écrivait les mots que nous venons de retrouver à deux cents miles de son épave : « Dans le monde a surgi un sentiment nouveau, à travers le monde passe un puissant appel. Sur les ailes d'un vent favorable, qu'il vole maintenant de lieu en lieu. » Nous remercions nos collègues russes de Zlato de nous avoir permis, tant qu'ils le pouvaient, de mener nos recherches et d'extraire ce fragment de l'oubli. Notre retour a été précipité pour des raisons obscures et inquiétantes. Nous ignorons si l'auteur de ces mots s'est vu frapper par la folie ou par la grâce, et s'il en va de même pour nous. Plus que jamais, il semble que nous ayons besoin de grâce ou de folie pour inverser les courbes.

Le collectif d'Ubunto-bay

9.

Battements

Une planète, vue du ciel, offre au regard ses îles, ses archipels, de vastes continents bruns, verts et blancs, enlacés du même bleu.

Imaginez cette Terre sans mers et océans, dans un monde asséché de toute vie : à la place des eaux, l'œil décèlerait des gouffres et des chaînes de montagnes. Des humains resteraient les épaves, et quelques fins réseaux de câbles sous-marins. La sève lumineuse qui irriguait les villes d'antan serait sèche et craquelée : les métropoles, des débris de goudron et de verre brûlés comme les forêts aux écorces de cendre. Des barbelés, des murs de béton et des lits de rivière jonchés d'ossements jalonneraient les frontières d'autrefois.

Que serait dans ce monde l'Antarctique vu du ciel ? Un continent sans sa chair blanche, réduit à sa croûte organique. Il y aurait là aussi quelques épaves autour de ses côtes. Comme dans les plaines de

Sibérie, du Groenland ou du Nord canadien, les restes de présence humaine seraient de plus en plus épars à l'approche du pôle. Les routes et les frontières, inexistantes en Antarctique, resteraient le plus sûr des indices pour savoir où nous sommes – ou plutôt où nous ne sommes pas.

47

Après deux heures de route, Johanne finit par se laisser aller à la beauté du paysage.

Le ciel était limpide, la surface du glacier une rampe vers l'horizon et les montagnes. Elle aurait aisément oublié le danger enseveli sous la neige si ses compagnons ne l'avaient pas avertie des risques.

Malgré leurs dernières formations, Hilde avait insisté pour rappeler à Léa et Johanne les règles de survie en tout point du glacier : ne pas quitter leur véhicule sans sonder la neige en dessous ; sécuriser leur propre position avant de porter assistance à quiconque. Hilde s'était pour finir assurée que les deux femmes avaient bien retenu comment fixer leur broche à glace et accrocher leur baudrier, avant que chacun d'eux n'enfourche sa motoneige.

À mesure que le convoi remontait l'immense langue gelée d'Uzuri, le danger de croiser une crevasse s'amoindrissait. L'annonce de l'arrivée des militaires, l'agitation des jours suivants s'éloignaient derrière eux comme une ombre irréelle.

Johanne sentait son dos endolori par les secousses de la moto, ses oreilles fatiguées par le bruit du moteur. Elle avait renoncé à enregistrer quoi que ce soit. Léa, Daniel et Hilde cheminaient devant elle. La documentariste suivait scrupuleusement leur trace, levant les yeux dès qu'elle le pouvait vers l'immense désert blanc qu'ils semblaient traverser au hasard.

Le glacier avançait bien plus vite qu'ils ne l'avaient prévu, lui avait confié Hilde quelques jours plus tôt. Sur terre, Uzuri s'écoulait comme une rivière compacte sous l'effet de son propre poids. Quand l'océan était atteint, les eaux gelées pressaient le pas : le glacier bouillonnait et tordait ses boyaux jusqu'à ouvrir d'immenses fractures dans sa chair bleue. Finalement, sa peau lépreuse se fragmentait dans l'océan, exhalant la pression des milliers de tonnes d'eau exercée sur son dos depuis des millénaires.

Johanne freina en voyant le convoi ralentir, puis s'arrêter. À quelques mètres devant elle, Léa se releva, la main en visière.

— Tout va bien ?

La volontaire se retourna.

— Hilde a coincé sa moto. Daniel est en train de l'aider.

— Ils ont besoin de nous ?

La jeune fille relaya la question. Johanne perçut sa voix, distante, entre les lames de vent. Les gargarismes des moteurs avaient fait place aux salves des rafales. Deux paires de bras devraient suffire, Daniel les exhortait à patienter.

Johanne extirpa son micro. Elle l'abrita sous le capot du véhicule et se releva à son tour en danseuse pour distinguer la tête du convoi. À cheval sur leurs motoneiges, Hilde et Daniel avaient planté leurs sondes à la surface : du haut de leurs trois mètres de hauteur, les deux tiges en métal oscillaient doucement, s'enfonçant peu à peu à la manière de deux harpons plantés par des pêcheurs.

La sonde de Daniel buta en premier sur une surface solide, un bon tiers de la tige émergée. Hilde confirma peu après d'un signe de la tête qu'elle venait elle aussi de rencontrer la glace : la sonde n'émergeait guère que de vingt centimètres au-dessus du terrain irrégulier, diffractant les éclats du soleil.

Leur position sécurisée, Hilde et Daniel abandonnèrent leurs postes pour dégager la motoneige en tête du convoi. Johanne avait appris qu'en terrain accidenté les véhicules répartissaient le poids du corps sur une surface d'adhésion bien plus large. Ils réduisaient ainsi les risques de fracturer d'éventuels ponts de neige formés au-dessus d'une crevasse.

À l'échelle du glacier Uzuri, le sastruga qui leur barrait la route était tout juste une boursouflure, un pli dessiné par le vent. Il n'empêche, c'était face au convoi l'équivalent d'une vague de plus d'un mètre à l'arête effilée, trop creuse déjà pour glisser sans encombre à sa surface.

Une demi-heure plus tard, ils étaient repartis : Johanne regarda la mer bleue dans le rétroviseur en frissonnant, rangea son microphone et tourna sa main gauche sur la poignée. C'était la première fois qu'elle n'était pas assise à l'arrière d'un de ces véhicules. Le maniement était plus qu'intuitif : quelques minutes de conduite avaient suffi le matin même pour qu'elle se sente à l'aise. La pente qu'ils remontaient maintenant filait vers des montagnes inaccessibles, plusieurs centaines de kilomètres à l'intérieur des terres.

Johanne songea à toutes ces routes criblées de nids-de-poule qu'elle avait traversées en blindé militaire. Tous ces chemins taillés entre les lianes, jusqu'à ses souvenirs d'empreintes dans le sable crayeux d'un désert. Toutes ces errances pour arriver ici, enregistrer le bruit des entrailles d'un glacier, récolter en chemin une volée de capteurs plantés un an plus tôt à la fin de l'été austral.

Ils n'avaient pas parcouru plus de deux kilomètres que Daniel s'arrêta, sa moto embourbée cette fois-ci dans un nouveau repli de neige. Johanne sortit sa propre sonde pour prendre le relais et venir en renfort. Les bâtons en acier s'assemblèrent dans un claquement métallique. Elle observa avec appréhension la tige descendre dans l'épiderme mou à l'épaisseur intimidante. C'était sans compter le kilomètre et demi de glace entre la terre et eux. La sonde buta enfin sur quelque chose de dur : un squelette ou un cartilage, s'interposant enfin à l'intrusion presque indécente de ce dard sous la peau.

— Elle te manque ?

— Ils viennent de partir ce matin, Apo.

— Justement. Le manque, c'est plus dur au début, quand on n'en a pas l'habitude…

Oliver lui jeta un regard, mastiqua une nouvelle bouchée de sandwich en face du *White Out*.

— Intéressant. Tu sors ça d'où ?

— De ma grande sagesse de la vie.

L'archéologue hocha la tête, feignant l'éblouissement. Apollinaire pensa pour lui-même à Dilma, et à cette tombe au bord de l'océan Indien qu'il n'avait toujours pas pris soin de venir saluer. Il lui aurait fallu économiser plusieurs années consécutives – si tant est qu'il parvienne à mettre de l'argent de côté – pour se permettre un tel voyage. Dilma avait incarné tant de choses depuis qu'il s'était éloigné de son île. La vérité était qu'elle lui semblait presque plus proche depuis qu'elle était morte, parce qu'elle était partout. Il suffisait de regarder la mer pour lui parler.

— À qui est-ce que tu penses ? le taquina Oliver. Je t'ai vu parler à une jolie fille, à Zlato.

— Tu vas être déçu… Je pense à ma tante de Mayotte.

L'archéologue lui renvoya sa question.

— Elle te manque ?

— Oui et non. Elle est morte il y a quelques années.

Un pétrel des neiges passa à cet instant au-dessus de l'épave, ses ailes blanches amplement dépliées. Il se laissa glisser jusqu'aux eaux libres, où il plongea à pic.

— Je suis désolé, fit Oliver. Ta mère vit à Mayotte, aussi ?

— Non. Elle, c'est la métropole depuis quinze ans. Paris ne me manque pas, mais alors pas du tout.

— Et elle ?

— Ma mère ?

Apollinaire pencha la tête sur le côté.

— Elle me manque un peu plus que quand je suis parti.

— Ça invalide ta première théorie. Sur le manque qui décline dans le temps.

— C'est vrai. Ça ne marche pas pareil quand il y a du ressentiment.

Un silence s'écoula. Apollinaire observa un instant les poutres de l'épave qu'ils auraient bientôt terminé de libérer des derniers sédiments.

Il savait depuis le début qu'ils ne rapporteraient rien du *White Out* avec eux, si ce n'est les quelques artefacts qu'ils avaient déterrés. La carcasse de l'épave était non seulement trop fragile pour pouvoir être transportée sans tomber en morceaux ; juridiquement, il s'agissait aussi d'un monument appartenant aux terres de l'Antarctique.

À la table du petit-déjeuner, Yasser leur avait annoncé ce matin que le premier coucher de soleil était prévu dans trois semaines. Depuis quelque temps, l'horizon et la glace prenaient des teintes plus chaudes vers deux heures du matin. Apollinaire savait que le retour des nuits signait également la fin de leur séjour.

— Je peux te poser une question ? demanda-t-il à Oliver.

— Essaye toujours.

— Avec Johanne… Vous allez continuer, après ?

— Après l'Antarctique ?

L'archéologue releva le nez vers le soleil, méditatif.

— On n'en a pas encore parlé.

— Tu aimerais bien, toi ?

— Oui.

— Oui ?

— Oui. Mais ça se fait à deux.

Malgré ses yeux imperturbables, le halo orangé d'Oliver, moucheté de reflets bleus, s'assombrit légèrement. Le jeune homme réfléchit à des mots rassurants, mais il se ravisa, craignant la maladresse. Son regard poursuivit le pétrel banc sorti des eaux, l'observa s'éloigner vers le large. Un petit geyser gris perça à cet instant à la surface. Il plissa les yeux, incertain de ce qu'il avait vu.

— On y retourne ? lança l'archéologue en s'étirant la nuque.

Apollinaire hocha la tête et avala le dernier bout de son sandwich. Après le tumulte des vents et des esprits des jours derniers, il était soulagé de pouvoir travailler de nouveau à l'air libre, et de se concentrer sur des tâches plus tangibles. Son regard s'égara de nouveau vers l'espace des eaux libres où il avait vu l'irruption ; la mer était lisse comme un songe.

Ils travaillèrent le reste de l'après-midi sur la dernière zone de l'épave qu'ils n'avaient pas encore complètement dégagée. L'absence de fracture sur la coque permettait désormais de réfuter le scénario d'une collision avec un iceberg ou des hauts-fonds. Aucune trace d'incendie n'avait non plus été trouvée. Restaient d'autres options : une mutinerie à bord qui aurait mal tourné, une erreur de manœuvre…

Apollinaire avait encore l'espoir qu'ils découvrent autre chose, un ultime indice permettant d'expliquer le devenir de l'équipage.

Léa appela plusieurs fois, essoufflée. Le groupe s'approcha d'elle : l'extrémité métallique d'un objet tubulaire brillait sous les amas de neige retournés à la pelle. Elle termina de dégager le sismographe, le tendit à Daniel. Johanne sourit, le micro à la main : c'était une bonne séquence. Hilde revint vers le piquet orange fluo qui émergeait un peu plus loin pour compléter ses mesures. Johanne s'approcha prudemment.

— J'ai compris l'intérêt du sismographe, fit-elle. Mais les piquets : ils servent à autre chose qu'à retrouver le matériel ?

La scientifique montra du doigt la graduation noire sur la tige orangée.

— Une autre équipe les a plantés l'année dernière, plus haut sur le glacier. Mon bilan de masse me permet de mesurer le niveau et la densité de la neige par rapport à l'été dernier. Et on fait des mesures GPS autour du piquet, bien sûr.

— Pourquoi ? relança patiemment la documentariste.

— Pour voir la distance parcourue en un an par le glacier à cet endroit. Plus on est près du front, plus le glacier va vite. Les piquets se déplacent avec lui. Ici, on devrait être à une vitesse de trois cents mètres.

— Par an ?

— Par an, oui.

Trente minutes plus tard, leur convoi repartait vers l'amont. Daniel prit le relais pour ouvrir la route, suivant scrupuleusement les coordonnées GPS qui traçaient devant eux un chemin invisible. Le vent et la fatigue leur arrachaient des larmes tandis qu'ils progressaient sur le terrain irrégulier. Ils retrouvèrent rapidement la balise suivante, passèrent une heure à labourer la neige, sans débusquer le sismographe. Ils se résolurent à reprendre la route, à la recherche de la troisième balise. En tout, ils en cherchaient près d'une dizaine.

Vers minuit, ils mirent pied à terre pour établir leur campement, non sans avoir pris soin de vérifier les environs. Hilde et Léa partageaient la même tente ; Johanne, celle de Daniel.

Ils mangèrent lentement, trop fatigués pour discuter de choses sérieuses, hoquetant volontiers de rire pour presque rien. Johanne sentait son corps endolori et euphorique. La lumière pénétrait dans leurs yeux, tous les pores de leur peau : dorée et presque rose à l'horizon, elle recouvrait la neige d'une patine douce. Le soleil s'approchait de la surface du monde comme une étoile devenue curieuse des mystères d'ici-bas.

Le repas terminé, Hilde leur annonça que la plupart des balises relevées s'étaient déplacées de cinq ou six cents mètres. Ils gardèrent un instant le silence, sans réaction. Uzuri avançait et fondait, bien plus vite que prévu. Comment s'en étonner ?

Le vent se fit entendre au loin. Johanne remarqua les larmes au coin des paupières de Léa, et Hilde passa un bras autour de ses épaules.

Daniel se mit à fredonner un chant dans une langue étrangère. Sa voix se mêlait aux bourrasques et les trois femmes tendirent l'oreille. Johanne ressentit un frisson : elle avait reconnu quelques mots d'inuktitut.

Elle se tourna vers lui. Le regard de Daniel lui sourit en retour. Ils se trouvaient littéralement aux antipodes du lieu de naissance de ce chant.

Johanne continua d'écouter, le micro discrètement tendu, admirant alternativement les mille couleurs du ciel, les yeux brillants et effilés de son voisin, les silhouettes attentives de Hilde et Léa sur le côté. La résonance du monde était si dense à cet instant qu'il n'aurait pas été absurde de soupçonner que les vents d'Uzuri chantaient avec Daniel.

Il se tut finalement, laissant au souffle du glacier la scène entière.

— Qu'est-ce que c'était ? demanda Léa.

— Un chant inuit sur les icebergs.

Pour en avoir déjà parlé, Johanne savait que son voisin avait passé plusieurs saisons au Nunavut, dans le Grand Nord canadien, ainsi qu'au Groenland. Elle nota de proposer plus tard au glaciologue d'enregistrer les autres chants qu'il connaissait, pour en garder la trace sans autre bruit de fond.

— Ma carcasse réclame le repos, annonça Daniel en se redressant. Bonne nuit, mesdames.

Léa regagna également sa tente dans la foulée.

Hilde déplia ses jambes en grimaçant, sortit un calepin vert et se mit à écrire, lentement d'abord, puis de plus en plus vite. Johanne écouta distraitement les pattes de souris sur la feuille, renonça à l'idée intrusive de les enregistrer, entreprit quelques étirements. Elle se retira à son tour après avoir souhaité bonne nuit à sa voisine, toujours absorbée. Johanne déplia son sac de couchage le plus silencieusement possible à côté de Daniel, dont le râle régulier emplissait l'habitacle.

— Fais ça pour le tout-monde, tu sais… Tu sais bien, marmonna le glaciologue.

— Pardon ?

Il ne répondit pas. Johanne observa son visage profondément endormi, conclut qu'il parlait simplement dans son sommeil. Elle s'allongea avec soulagement dans le cocon de son duvet, sous la toile de la tente, cette peau si fine pour seule frontière entre leur corps et l'Antarctique. Elle s'endormit bientôt, bercée par les salves du vent et le souffle de son voisin, oubliant rapidement le vertige des centaines de mètres de glaces qui cheminaient à l'instant même en dessous d'eux, charriant leurs corps endoloris vers le front du glacier à une vitesse imperceptible.

D'un geste souple, Apollinaire traça le trait de la carène et les côtes du navire, les rochers alentour. Il figura au loin une flopée de marins habillés en guenilles. Satisfait, il tourna la page de son carnet et s'appliqua à reproduire de mémoire une vue du ciel d'Ubunto-bay : la banquise fracturée sur laquelle ils roulaient en motoneige trois mois plus tôt, l'arête de poisson minuscule du *White Out*, les cinq préfabriqués de la base.

— *Tu comptes y mettre de la couleur ?*

Il releva le nez. Sa tante Dilma était penchée au-dessus de son lit, aux côtés d'un autre homme à la barbiche neigeuse et au grand corps dégingandé. Apollinaire ne l'avait jamais vu mais le reconnut aussitôt comme le dessinateur de sa bande dessinée. Tous deux avaient parlé comme un seul homme, aussi répondit-il en laissant son regard aller de l'un à l'autre :

— Je n'ai rien avec moi ici. Plus tard, peut-être.

— Ta couleur, tu peux la fabriquer, c'est simple, réagirent-ils. Il suffit d'en parler à quelqu'un de confiance.

Comme il ne savait que répondre, Apollinaire s'adressa au dessinateur sur un ton d'excuse.

— Je suis désolé d'avoir brûlé votre livre.

Celui-ci haussa les épaules, camouflant sa tristesse.

— Quand avez-vous été en Antarctique ?

— J'ai été en Arctique, jamais en Antarctique. Si tu veux dessiner des glaciers, je peux te montrer une astuce.

Apollinaire suivit l'homme et Dilma dans un dessin grandeur nature. Ils cheminèrent entre des icebergs monumentaux, dont on distinguait non seulement la base ensevelie, mais également les multiples facettes en transparence. Le ciel et l'océan avaient la teinte et la texture brun clair d'un seul grand parchemin.

Une alarme distante s'éleva dans le lointain et envahit bientôt l'espace, semblable à la sirène d'une ambulance. Apollinaire ouvrit les yeux, une odeur d'encre et de papier dans les narines. Il retira de sous sa joue son carnet de notes archéologiques, noirci de schémas maladroits.

7

Le réveil de Daniel – une alarme sans fantaisie – tira Johanne de son sommeil. Ses yeux s'ouvrirent sur le bleu de la tente, la lumière azurée filtrée par le tissu. Elle se rappela où elle était. Elle avait dormi d'un sommeil si profond que tout son corps lové dans son duvet semblait prêt à renaître.

— Bien dormi ? bâilla-t-elle.

Elle tourna son visage vers son voisin : Daniel n'avait pas encore arrêté son alarme, les yeux fermés avec application pour retenir quelques rêves. Elle frotta ses paupières, se redressa en position assise, étira lentement sa nuque de droite à gauche. Son corps endolori lui rappela les courbatures de la veille. L'alarme striait toujours. La jeune femme l'attrapa pour l'arrêter d'un geste, regarda à nouveau son voisin. Les mugissements lointains du vent parvinrent à ses oreilles.

— Daniel ?

Les traits du glaciologue étaient parfaitement détendus, sa bouche légèrement entrouverte. Sa peau hâlée était d'un gris bleuté sous la lumière de la tente. Il était allongé sur le dos, un bras en dehors du duvet. Dans la même position que la veille. Johanne secoua doucement son épaule. Il ne réagit pas. La jeune femme insista, sentant son propre cœur pulser tout à coup lourdement. Elle répéta son nom, plus fort, sentit l'engourdissement jusqu'au bout de ses doigts. À contrecœur, elle colla son oreille à quelques centimètres de sa bouche. Attendit.

Une décharge de panique la traversa. Appeler, d'abord. Elle cria quelque chose à Hilde et à Léa, ouvrit le zip de l'habitacle pour que sa voix porte plus loin, vers la tente voisine. La lumière l'éblouit. Son cri traversa l'air comme celui d'un oiseau, trop puissant pour être dévié de sa course. Elle regarda Daniel, à nouveau. Un flot de soleil blanc illuminait maintenant son visage endormi par le pan de la tente entrouverte. Seuls son front, ses cheveux, étaient encore baignés dans la lumière bleue de leur tente. Johanne se dégagea de son duvet, les gestes précipités. Elle croisa ses deux paumes sur la poitrine du glaciologue, un, deux, compta mécaniquement, cinq, six, rappela l'extérieur, se força à respirer, entretenir son souffle, treize, quinze, une silhouette apparut dans la fente de la toile, courut à elle, Hilde ouvrit complètement le battant, vingt, vingt-six, les yeux verts s'agrandirent de terreur, vingt-sept, trente, Johanne pinça le nez de Daniel, souffla deux fois, tout l'air de ses poumons qui lui sembla plonger au fond d'une cave, reprit le compte, un, deux, deux jambes, celles de Léa, apparurent à leur tour derrière la tente. Le corps de Daniel s'enfonçait à chaque coup, mollement, sa tête dodelinait à peine. Un rictus était apparu sur ses traits tout à l'heure détendus. Johanne échangea un regard avec la glaciologue, vingt, vingt et un, trente, deux baisers à nouveau, elle enjamba d'un geste le corps de Daniel, sa voisine se glissa aussitôt à sa place pour prendre le relais.

Johanne était désormais à l'extérieur de la tente. Elle se força à avaler une grande goulée d'air froid, qui brûla ses poumons.

— Trente pressions, deux par seconde, hoqueta-t-elle à l'intention de sa voisine. Et ensuite deux insufflations.

Cette dernière acquiesça, absorbée à son tour, pesant de tout son poids sur son collègue par à-coups réguliers. Prévenir Ubunto. Léa retrouva finalement l'une des deux BLU dans la sacoche de secours fixée aux motoneiges. Elles reconnurent la voix de Rachida, grésillante. S'entendirent répéter les consignes. Léa lui confirma les coordonnées GPS que Hilde avait pris le soin d'envoyer à la base la veille au soir. Ils faisaient au plus vite.

Léa s'agenouilla à côté de Johanne.

— Qu'est-ce qui s'est passé ?

— Il était comme ça au réveil. Je ne sais pas quand… Au milieu de la nuit…

Johanne ne voyait plus que le regard brun de Léa, les pupilles vertes exorbitées de Hilde, et les yeux bridés de Daniel, toujours résolument scellés. Son corps était en train de devenir une enveloppe malmenée, à laquelle on tentait par la force de redonner la vie. Rallumer la machine. Elle relaya Hilde à nouveau. Hilde la relaya. Léa regardait alternativement le ciel et les deux femmes. L'acharnement sur le thorax de Daniel empêchait toute pensée de se former, si ce n'est par à-coups. Elles auraient tout le temps de réfléchir plus tard.

Après un temps interminable, le bourdon d'un hélicoptère déchira le ciel uniforme. Léa leva les bras, tandis que Hilde et Johanne, épuisées, continuaient de se relayer.

Apollinaire observa, interdit, l'hélicoptère traverser le ciel. Massés devant l'entrée du préfabriqué principal, les autres résidents conservaient le silence, et ce silence devenait un cri insupportable d'attente et de sidération.

La neige s'aplatit et rampa sous la puissance des pales qui brassaient l'air et semblaient décompter le passage des secondes. Un, deux. Vingt-trois, vingt-quatre. Soixante… L'engin s'immobilisa enfin tout à fait sur la piste d'atterrissage, à cinquante mètres des premiers bâtiments.

Rachida en sortit en premier, bientôt suivie d'Abel, le second secouriste, et d'Ariane, la pilote. Un homme sur un brancard apparut à son tour. Léa, Hilde et Johanne n'étaient pas parmi eux. Ni davantage Thomas, le premier secouriste.

Apollinaire échangea un regard inquiet avec Corentin, debout à ses côtés. Le brancard passa devant eux : ils reconnurent Daniel.

Pour la première fois depuis Zlato, il vit un visage sans aura.

Quand un pan de glacier se détache dans la mer, un peu de l'Antarctique meurt avec lui.

Depuis le ciel, d'extraordinaires couleurs surgissent à la surface des eaux, qui sont le cercueil de ce drame : un phytoplancton opportun fleurit sur le cadavre par gerbes lumineuses, bleu cérulé ou vert turquoise. On pourrait croire qu'une main géante est venue peindre sur les eaux une épitaphe en hommage au défunt.

Sur les lieux du vêlage où naissent les icebergs, la vie marine nourrie par la matière libérée du glacier finit par périr à son tour. Son jaillissement découle de cette mort même ; sa vie plus brève que celle d'un papillon retourne sans heurt là d'où elle est venue.

Le phytoplancton qui a fait son temps et qu'un crustacé de passage n'a pas gobé devient un débris blanc et sec : l'éclat de neige marine brille furtivement sur le fond bleu des mers, puis fait ses adieux au soleil. Son ultime destinée sera d'atteindre les confins du sol océanique.

Il y a là-bas un autre monde – dont on ignore quasiment tout.

Johanne attendit que l'hélicoptère ait enfin disparu dans le ciel, son ombre noire et son cri de bourdon comme une apparition macabre, pour laisser libre cours à la douleur. Elle s'accroupit devant la tente, à côté des affaires encore défaites à côté d'elle. Un peu plus loin, Hilde et Léa décompressaient aussi, chacune à sa façon.

Tout s'était fait si vite. Rachida et Thomas, le secouriste, descendus en trombe parmi eux. Le défibrillateur à intervalles de deux minutes, la première injection d'adrénaline et les suivantes. Johanne avait compté : trente-sept électrochocs. La doctoresse s'était longuement battue, malgré le corps déjà rigide de Daniel, la peau froide de ses paumes. Johanne, Hilde et Léa avaient attendu à l'écart. L'esprit du glaciologue s'était désormais infiltré dans Uzuri, explorait ses crevasses, avançait avec lui vers la mer inéluctablement.

Le laps de temps entre chaque tentative n'avait plus d'existence, un élastique distendu. Daniel était reparti sur un brancard, Rachida avec lui, Thomas resté pour les aider à ramener la quatrième motoneige – maintenant sans conducteur.

Johanne appuya doucement son front sur ses genoux, laissa échapper un sanglot. Ferma les yeux sous l'abondance des larmes qui lavaient sa figure. Sa gorge se desserra, la boule compacte dans son ventre se dénoua, irradia lentement le reste de son corps. Depuis combien de temps n'avait-elle pas pleuré ainsi ?

Le cœur de Daniel avait dû s'arrêter au milieu de la nuit : elle l'avait pressenti en voyant sa silhouette déjà raide au réveil, en frôlant sa joue froide. On ne laissait pas partir un mort, encore moins un ami, sans essayer de le retenir de toutes ses forces. C'était un rituel, une façon de sauver les apparences. Pour Rachida, un devoir médical proche de la profession de foi : croire à la vie toujours capable de miracles, là où on s'y attendrait le moins. Il y avait toujours des surprises. Pas cette fois.

— Johanne ?

Elle releva la tête pour regarder Thomas, accroupi devant elle. Le froid griffa ses joues humides. Elle s'essuya du revers de la manche, accepta la couverture qu'il lui tendait.

— L'hélico peut venir vous reprendre en moins d'une heure. Je l'ai dit tout à l'heure, je le redis. Il y a d'autres résidents qui peuvent vous relayer pour ramener les motos.

Elle secoua la tête.

— Je ne sais pas pour les autres…

Elle s'interrompit, chercha ses mots.

— J'ai besoin du voyage de retour.

— Je comprends, répliqua Thomas, mais c'est un trajet dangereux. Il faut avoir tous ses moyens pour reprendre la route.

— Ça va aller, assura-t-elle. Laisse-moi simplement cinq minutes. C'est tout.

Le secouriste eut un léger mouvement de tête, qu'elle prit pour un assentiment. Il se releva, posa une main sur son épaule, puis tourna les talons pour aller voir ses deux voisines.

Johanne prit une profonde inspiration, essuya à nouveau son visage et jeta un regard en arrière, à l'intérieur de la tente. La tente qu'elle avait partagée avec Daniel. Une montre de plastique jaune, un carnet de notes écorné, une paire de lunettes de soleil et un bonnet en polaire grise étaient rangés sur le côté de son matelas gonflable. Elle attrapa sa propre gourde restée à l'intérieur et but une gorgée d'eau. Elle s'attela ensuite à ranger ses affaires puis celles de Daniel, avant de replier la tente.

Elle se releva sur ses jambes engourdies, se força à manger un morceau, jeta un œil à Hilde et à Léa qui négociaient encore avec le secouriste. Les trois femmes échangèrent un regard. Johanne termina de charger ses affaires sur la moto.

Quinze minutes plus tard, le convoi repartait. Thomas ouvrait en tête. Johanne se concentra sur la trace à suivre, gaina son corps pour amortir les secousses du terrain. Ils avaient devant eux huit à douze heures de route pour gagner Ubunto.

Apollinaire croisa le regard d'Oliver à la table du réfectoire, posa son plateau face à lui. Corentin les rejoignit, bientôt suivi de Véra et Yasser.

— Bon appétit, murmura Yasser sans conviction.

Un silence triste pesait entre les tables, entrecoupé ici et là de murmures discrets. Corentin finit par poser une question sur la famille de Daniel. Les autres se regardèrent.

— Son ex-femme vit au Canada, répondit Véra, mais je crois que c'est tout. Ils n'ont pas eu d'enfant. Si je ne me trompe pas, ses parents sont décédés, et il n'a pas non plus de frères et sœurs…

Un silence suivit son propos. Corentin posa sa fourchette. Apollinaire se rendit compte qu'il connaissait très peu Daniel, même s'il comptait parmi les piliers de la base – une sorte de racine du paysage humain qu'ils composaient ici, à l'instar de Yasser et de Rachida.

— En fait, c'est surtout Ubunto, sa famille, résuma-t-il.

— Oui, confirma Yasser.

Un flottement pensif ponctua ce constat. Le regard absent d'Oliver était tourné vers la fenêtre. Apollinaire entreprit à contrecœur de vider son assiette, comme les autres.

47

Johanne poussa dans un dernier effort sa motoneige dans le hangar, aida Thomas à décharger le reste des affaires. Hilde et Léa avaient déjà rejoint les autres au réfectoire, où les accueillit Rachida. Le dos de la cheffe de mission était voûté, son front barré par le souci.

— Où est-il ? s'enquit Johanne.

— Dans mon cabinet. On discutera des funérailles demain. Là, tout le monde a besoin de repos.

Johanne hocha la tête.

— Merci d'avoir ramené les véhicules, ajouta Rachida. Vous avez toutes eu du courage, beaucoup.

La documentariste croisa le regard brun de la cheffe de mission, la tristesse dans ses yeux que sa fonction lui intimait de maîtriser. Elle avait perdu le même jour un ami, un patient et l'un des membres de la base dont elle assurait la supervision.

— Merci d'avoir tout fait pour essayer de le ramener, répondit Johanne.

Elle hésita, chercha ses mots.

— Ça pouvait arriver n'importe où, n'est-ce pas ?

— Dans une chambre d'hôtel, à la pêche à la ligne ou sur le canapé de son salon, oui, confirma Rachida avec lassitude.

— Il y serait resté dans tous les cas, alors.

La doctoresse pencha la tête. Son abondante chevelure noire se déporta sur le côté.

— On ne peut jamais dire ces choses-là. Daniel était en excellente santé. Mais son cœur a choisi son endroit préféré pour partir, oui.

Johanne se mordit les lèvres. Rachida pressa doucement son épaule avant de s'excuser pour aller voir Léa, assise avec Apollinaire et Corentin. Daniel perdu, son rôle était maintenant de veiller sur les autres. Johanne resta debout à côté de l'entrée. Son regard balaya la salle bondée, s'arrêta sur la place près de la fenêtre où elle s'était tenue avec Daniel, dix jours plus tôt. Oliver vint à sa rencontre. Elle l'observa sans dire un mot – sans savoir quoi dire.

— On va au calme ?

Elle acquiesça et le suivit vers les préfabriqués jusqu'à sa chambre. Johanne se déshabilla complètement. Elle prit conscience de l'odeur aigre de sa sueur. Oliver l'imita et ôta son tee-shirt, l'attira contre lui. Johanne s'endormit peu après, l'oreille contre ce cœur vivant en bonne santé qui, lui aussi, cesserait un jour de battre – sa main agrippée au drap fin qui les recouvrait tous les deux.

10.

Rien qu’un écho

Apollinaire sentit ses boyaux remuer de surprise en entendant la voix si vivante de Daniel parler des icebergs.

Il ne prêta qu'une attention distraite aux mots du glaciologue, concentré sur le grain de sa voix mêlée aux borborygmes de la glace. Le chant des icebergs n'allait pas sans rappeler le cri des baleines à bosse, qu'il avait entendu une fois près de Mayotte tandis qu'il se baignait – avant de remonter, apeuré, sur la barque de son oncle.

Un frisson parcourut son échine en écoutant le chant étrange et un peu guttural que Daniel entonnait à présent, entrecoupé par les salves du vent. Léa serra sa main si fort qu'il émit un couinement de surprise. La jeune fille relâcha la pression.

Il jeta un regard circulaire à la salle de projection : jamais il n'avait vu une assemblée aussi uniformément bleue. C'était un bleu profond, sombre et opaque comme l'océan ; une tristesse dont on ne percevait que la surface. Quand ils ne brillaient pas, les yeux étaient fermés avec pudeur. Accroupie à côté de l'estrade, Johanne regardait dans le vide, les mains croisées sous le menton. Elle semblait épuisée et légèrement absente. Un sourire triste éclaira son visage en croisant Hilde du regard, puis Léa. Apollinaire comprenait mieux pourquoi elle avait quasiment disparu ces derniers jours : le montage effréné de ces trente-sept minutes d'hommage au glaciologue avant les funérailles avait dû l'occuper sans répit.

Il jeta un regard aux trois nouveaux venus en habit militaire, mêlés au reste des résidents. Arrivés la veille, l'accueil avait été pour le moins minimal. Leurs halos étaient gris, rouges et bleu nuit respectivement. Ceux-là ne pleuraient pas, bien sûr. Ils n'avaient pas connu Daniel.

Le montage s'acheva sur une conversation absurde entre Daniel et Hilde au sujet d'un sismographe défaillant, qui leur arracha quelques rires. Un flottement s'étira. Le silence retomba comme une douche froide après cette demi-heure d'écoute où Daniel semblait presque revenu parmi eux. Plusieurs murmures reconnaissants atteignirent enfin Johanne.

Les premiers résidents regagnèrent la sortie, suivis par le reste du groupe. On décapsula des bières, des bouteilles ; les verres glissèrent bientôt de main en main.

Le temps était splendide, et tout le monde se retrouva dehors. Apollinaire jeta un œil aux six piquets que Hilde et Léa avaient plantés autour de la sépulture de Daniel, cent mètres en contrebas. Ils seraient recouverts par la neige, puis la glace, dès le prochain hiver austral.

Il repensa à l'hypothèse que Ludovic leur avait exposée ce matin : celle d'une correspondance entre les pierres du cairn rapportées de Zlato et les cailloux près du *White Out*. Autrement dit, le propriétaire du stylo aurait transporté ces galets, sûrement pour s'en servir d'outil. Les pierres étaient une denrée rare en Antarctique : les manchots Adélie allaient jusqu'à se battre pour en recueillir pour leurs nids. Si l'hypothèse se confirmait après les analyses, elle validerait le lien entre l'épave et le cairn, malgré les trois cents kilomètres entre les deux.

À l'écart, Apollinaire se demanda si la sépulture de Daniel pourrait être l'objet du même remue-méninges de la part de chercheurs découvrant sa dépouille dans quelques siècles. Il s'avança vers la baie, regarda les icebergs flotter paisiblement à la surface des eaux, et deux pétrels des neiges tournoyer dans le ciel. Il soupira. Parti pour un autre voyage, Daniel était bien le seul parmi eux à échapper à ce retour vers l'occident. Dans moins d'un mois, il serait en région parisienne, retrouverait sa banlieue. Que pouvait-il faire d'autre ? Les militaires, eux, resteraient. Aucun retour ne leur était encore parvenu des autres bases en réponse au message et à la vidéo qu'ils s'étaient donné tant de mal à produire.

Léa et Corentin le rejoignirent. Ils fixèrent tous les trois le paysage. Léa avait les yeux bouffis et le teint pâle. Avec Corentin, ils étaient restés de longues heures avec elle dans sa chambre le lendemain de son retour. Comme elle n'était pas parvenue à leur raconter les détails de ce qui s'était passé sur Uzuri, ils avaient regardé ensemble ses photos de mission depuis le début de l'été. Daniel y revenait régulièrement.

Un bref geyser perça soudain à la surface des eaux entre deux plaques de banquise. Apollinaire tourna la tête vers ses voisins. L'irruption avait eu lieu à deux cents mètres au large. Ou peut-être plus loin : les distances, par ici, étaient si dures à estimer.

— Vous avez vu ?

Léa et Corentin secouèrent la tête. Apollinaire pointa le doigt dans une direction approximative. Une minute s'écoula.

— Là-bas !

Un maigre filet de vapeur s'éleva à nouveau, non loin de la zone indiquée. Ils échangèrent un bref regard et scrutèrent de nouveau la surface des eaux libres, suspendus.

— Jean-Marc m'a dit que des rorquals ont été aperçus par ici l'an dernier, releva Corentin. Ça fait des décennies qu'on n'en avait pas vu.

Apollinaire avait aussi entendu dire que ces baleines de petite taille avaient déserté l'Antarctique, à cause de la surpêche du siècle précédent. Ils fixèrent l'horizon encore un long moment, espérant retrouver une trace du cétacé, jusqu'à en avoir mal aux yeux.

47

Johanne décapsula sa bière et rejoignit les autres à l'extérieur. Elle avala une grande bouffée d'air frais et se tint un instant à l'écart, secouée. Plusieurs personnes la remercièrent en la dépassant. L'officier avec lequel elle avait discuté plus tôt vint à sa rencontre. Il parlait à voix basse, et elle tendit l'oreille pour saisir ses propos.

— Je n'ai pas connu cet homme et je le regrette ; vous lui avez rendu un bel hommage.

Johanne le remercia, s'étonna lorsqu'il lui expliqua qu'il avait déjà écouté plusieurs de ses documentaires.

— Vous aimez la radio ?

— Pas particulièrement.

La jeune femme songea pour elle-même qu'elle aurait dû enregistrer cet homme : l'arrivée d'un militaire à Ubunto était un incident hors norme qui méritait d'être documenté. Mais ces deux jours de montage l'avaient vidée et elle souffrait d'une fatigue auditive inhabituelle. Il lui fallait lever le pied, au moins un ou deux jours.

— J'ai apprécié votre documentaire sur les héritiers du Goulag. Ce musicien que vous avez trouvé, qui voit toutes ces couleurs… Je ne connaissais pas ce phénomène.

— La synesthésie ? Oui, c'est une faculté étonnante.

— D'une certaine façon, les oreilles d'or qui travaillent dans nos sous-marins ont un don similaire, appliqué à un autre sens.

Elle jeta un regard à ce quadragénaire grand et chauve, au large dos carré et aux yeux gris intelligents. Une colère inattendue avait raidi sa nuque en trouvant quelques heures plus tôt ces trois hommes en habit militaire. Personne ne l'avait prévenue de leur date précise d'arrivée. Après deux jours d'isolement dans sa chambre, rien de si étonnant. Elle avait appris du même coup que Corentin avait déménagé dans la chambre d'Apollinaire pour leur faire de la place. Deux d'entre eux y logeaient ; le troisième avait pris ses quartiers dans la cabine de Daniel.

— Tout ce que vous allez voir de l'Antarctique est fascinant, reprit Johanne. C'est un continent bouleversant.

— C'est surtout l'un des lieux les plus dangereux et inhospitaliers de la planète, releva le militaire avec réserve. Nous ne sommes pas faits pour vivre ici.

Elle garda le silence, sans chercher à le démentir. Militaires ou chercheurs, médecin ou documentariste, ils n'étaient tous ici que de passage.

— Je me doute que notre arrivée est vue d'un mauvais œil, reprit le militaire.

Elle retint un sourire, croisa son regard gris aussi clair que le sien.

— Qu'en pensez-vous ?

— Je vous comprends. La société civile est toujours dans le déni quand les conflits reviennent. Notre présence ici a une valeur dissuasive, pour éviter que les choses ne s'aggravent ; mais ce n'est pas si simple à accepter.

— De nombreuses personnes ne voient pas les choses de la même façon.

Le militaire inclina la tête.

— C'est l'impasse de notre époque. On ne fait plus société, quand plus personne ne voit le monde de la même manière.

— Personne n'a jamais *vu* le monde de la même manière…

Elle jeta un regard circulaire aux quelques frêles préfabriqués qui composaient la base, à l'océan non loin saturé de lumière, à tous ces hommes et femmes durablement liés à ce non-pays, ce plus-que-continent.

— Je ne veux pas tout jeter à la poubelle, fit-elle. Mais les institutions échouent en permanence à produire l'uniformité dont vous parlez. Elles excellent, en revanche, à nous monter les uns contre les autres en convoquant votre argument. Prenez le Traité de l'Antarctique : il s'agit du plus bel exemple d'accord autour d'un non-accord, qui a permis pendant soixante-dix ans de geler toute revendication territoriale. Vous considérez votre présence ici comme une force dissuasive ; d'autres la voient comme une stratégie vieille comme le monde pour miner une union qui fonctionnait très bien.

Johanne jeta un regard à Apollinaire, Corentin et Léa légèrement en retrait. Elle termina sa bière.

— Personne, pourtant, ne vous a sauté à la gorge à votre arrivée. Nous avons bien notion que ce qui se joue en ce moment nous dépasse tous – y compris vous.

La banquise se ressoude peu à peu. Un fin duvet à la surface des eaux, qui bientôt deviendra carapace. Les vents gelés du sud fortifient son écorce, prête aux longues nuits polaires. La mer s'est repliée sous son enveloppe ; au-dessus d'elle, la banquise gémit tout le jour.

Ses plaques se superposent dans un bruit métallique. Ses champs immaculés se plissent de crêtes et de cratères. La pression de la glace, des courants, la tiraille dans des sens opposés. Sa peau zébrée de cicatrices ressemble à un champ de bataille.

Seul le blizzard efface les marques de ces combats, jetant sur la mer blanche une opacité grise, sans couleurs ni reliefs. Trêve provisoire, durant laquelle les vivants se déplacent à tâtons et butent sur des failles ensevelies, au risque d'y sombrer.

Apollinaire ferma la porte de sa chambre, traversa le couloir latéral, revêtit sa combinaison et se glissa à l'extérieur.

Il s'agrippa à la courroie orange, celle qui menait aux espaces de travail. On n'y voyait pas à un mètre ; il lui fallait littéralement coller ses gants à son visage pour distinguer cette partie de son corps.

Il n'avait jamais vu une tempête si opaque et si blanche. Mieux valait ne pas trop réfléchir. Bien que cerné par les bâtiments d'Ubunto, il connaissait les risques en jeu si l'idée lui venait de lâcher la courroie. Les déplacements à l'extérieur s'étaient vus limités au minimum, et toujours en binôme.

Apollinaire se souvenait de sa première simulation, le jour de son arrivée à la base : ils avaient tâtonné d'un bâtiment à l'autre sous le soleil à son zénith, les yeux bandés et une courroie pour seul fil directeur.

Quand l'amarre n'était pas arrimée à son point d'arrivée et qu'il fallait marcher à l'aveuglette, il devenait rapidement impossible de maintenir son cap.

Apollinaire stoppa sa progression pour serrer sa capuche de sa main libre, violemment claquée par le vent. Il supposait qu'il se trouvait à mi-distance. Assourdi par le bourdonnement des bourrasques, il n'entendait même plus son propre souffle. Il cria au-dessus du vacarme pour entendre sa voix. Le bruit lui revint étouffé, extérieur à son corps.

Il se remit en route, s'entendit brusquement sangloter. Le vent lui arrachait des larmes. Il lui sembla que le monde extérieur cherchait à le dissoudre jusqu'à la moelle, goutte après goutte. Il n'y avait que sa peau et sa combinaison pour maintenir ces muscles, ce souffle, autour de son squelette.

Apollinaire chercha anxieusement dans le vide l'ombre du bâtiment qui n'apparaissait pas. Son poing s'agrippa un peu plus à sa ligne de vie. Ses yeux allaient sans cesse de la corde orange vif au nuage sans relief qui l'aspirait. Il sursauta en distinguant une silhouette humaine, manifestement égarée : elle l'aperçut à son tour et se campa sur ses deux jambes. Devait-il lui venir en aide ?

Apollinaire plissa les yeux, leva la main au-dessus de sa tête. La forme ne réagit pas. Il comprit brutalement : il était impossible de voir une personne d'aussi loin dans de telles conditions, quand il peinait lui-même à distinguer ses propres membres.

Son cœur accéléra. C'était une figure filiforme, androgyne. Un matelot du *White Out* ? Daniel ? Une hallucination comme l'avait évoqué Rachida ? Le jeune homme frissonna violemment et reprit son chemin. Cette présence n'était pas malveillante ; elle veillait à ce qu'il ne s'égare pas.

Quelques instants après, sa main libre rencontra la surface solide du préfabriqué. Il chercha à tâtons la poignée ; lâcha finalement la courroie pour déverrouiller la porte de son autre moufle.

Apollinaire s'engouffra à l'intérieur, referma aussitôt le battant, actionna le verrou. Plusieurs résidents discutaient dans le couloir, un café à la main. Il s'assit sur le banc à côté de la porte et observa les murs, les néons au plafond, la lumière jaune, toutes les combinaisons suspendues aux crochets, hagard. Le vent terrible sifflait toujours entre ses deux oreilles, remuait jusque dans son ventre.

— Tout va bien, Apo ? fit Johanne en passant devant lui.

— Je…

Horrifié, le jeune homme entendit les sanglots qui secouaient son ventre. Les larmes inondèrent ses deux joues. Le verrou intérieur qu'il avait refermé céda sans prévenir, invitant la tempête. Il sentit sur sa nuque quelques regards.

— Viens, souffla Johanne. On va au calme.

Il se laissa faire. La documentariste le conduisit jusqu'à la salle d'infirmerie, adjacente au bureau de Rachida.

Johanne le fit asseoir sur le lit simple, lui servit un verre d'eau, s'assit à ses côtés. Une nuée de flocons tournoyait à la fenêtre, violemment projetée sur la vitre. Apollinaire sentit sa gorge se dénouer, ses sanglots s'espacer peu à peu. Il ferma les yeux, rassuré par la main de Johanne dans son dos. Il vida son verre d'eau par petites gorgées, respirant entre chaque ; songea que les larmes qu'il venait de verser étaient au moins équivalentes au contenu de ce gobelet ; se demanda pourquoi il pouvait bien penser à ce genre de calcul à cet instant.

— Merci, murmura-t-il en fixant le mur blanc devant eux.

— Je t'en prie.

— Je ne comprends pas d'où ça sort… Tout ça, ajouta-t-il sur un ton d'excuse.

— Tu n'as pas forcément besoin de le savoir dans l'immédiat. Ni de te justifier.

Apollinaire s'essuya le visage. Johanne s'était rarement tenue aussi proche de lui. Il se sentait enveloppé, complètement protégé par son halo bleu clair.

— Je peux te demander quelque chose ?

La jeune femme inclina la tête.

— Est-ce que tu t'es déjà sentie instable… ou bien en décalage, à cause de toutes ces langues que tu connais ?

— Bien sûr. En permanence.

Il croisa son regard, surpris. Après tout, il y avait quelque chose de paradoxal à envisager le plurilinguisme comme autre chose qu'un avantage, lui qui peinait déjà à déchiffrer l'anglais.

— Comment est-ce que tu vis avec ?

— Cette singularité ?

Il acquiesça.

— Je l'utilise pour comprendre le monde, autant que je le peux.

— Même si elle t'isole quelquefois ?

— Même si elle me submerge de temps en temps.

Apollinaire regarda ses genoux. Il désirait à cet instant que Johanne l'interroge, lui demande plus précisément *pourquoi* il lui posait toutes ces questions, et quel était ce décalage dont il faisait tant de mystère. Il regrettait qu'elle ne puisse pas le voir, se distinguer elle-même comme il la percevait à cet instant, entourée de ce nuancier de bleu, de blanc et de fragiles pigments orange qu'il trouvait magnifiques.

— Il y a un test simple, remarqua-t-elle après un temps, pour savoir si quelque chose nous pèse plus qu'il ne nous grandit. Si on pouvait s'en séparer, là, tout de suite : est-ce qu'on le ferait ?

— Je crois qu'il me manquerait une partie de moi-même, réagit Apollinaire.

— Moi aussi.

Il hésita un long moment, pesa ses mots.

— Tu vas trouver ça très bizarre, mais depuis le début, je te vois bleue. Bleue comme un iceberg. Un bleu très clair, beaucoup plus lumineux que le jour où tu es arrivée ici.

Son cœur battit d'appréhension tandis qu'il murmurait ces mots. Quelque chose, en même temps, irradia tous ses muscles : une fierté qu'il n'avait jamais ressentie. Une lueur d'étonnement éclaira le regard de Johanne. Elle plissa les sourcils, comme si elle se remémorait un vieux souvenir.

— Et toi ? demanda-t-elle.

— Quoi, moi ?

— De quelle couleur es-tu ?

11.

Jeux de brouillard

À quatre mille kilomètres d'Ubunto-bay, séparés du *White Out* et d'Uzuri par des milliers de tonnes de glace, trois hommes installaient leur campement sur le plus grand glacier du monde.

Le plus âgé d'entre eux ajusta son casque, sa lampe frontale et son baudrier, vérifia soigneusement son matériel. Un sac à dos chargé de dynamite pesait sur ses épaules.

Il eut une pensée pour l'ami glaciologue mort quelques jours plus tôt d'un arrêt cardiaque. L'accident était survenu peu après le message et l'étrange film transmis par sa base scientifique.

Depuis, huit officiers de l'armée japonaise s'étaient installés parmi eux. Dans les bases russes et chinoises alentour, on comptait une quinzaine d'hommes en armes. Le monde entrait résolument dans une époque de jeux de dés.

L'homme étreignit ses deux collègues, dont le regard trahissait l'anxiété. Aucun d'eux ne remit pourtant en question le protocole : il jeta un regard au soleil, lui adressa son dernier vœu et amorça sa descente.

47

Johanne traversa le couloir, consciente du frottement de la clé USB dans la poche de son jean. Elle s'assura qu'aucun des militaires n'était dans les parages, toqua deux coups discrets au cabinet de Rachida. La doctoresse l'invita à s'asseoir. Ses cheveux noirs tirés en chignon durcissaient son visage. Johanne referma soigneusement la porte derrière elle.

— Je peux te parler de quelque chose ?

La cheffe de mission acquiesça, étonnée. Johanne sortit la clé pour la déposer sur la table.

— Tu m'as passé une enveloppe la semaine dernière, je ne sais pas si tu te souviens.

— Oui, très bien.

— C'est arrivé par le courrier des résidents, c'est ça ?

— Plus ou moins, fit Rachida. Un hélico de McMurdo m'a apporté du matériel médical et quelques lettres. Dont celle-ci, pour toi.

Les yeux noirs de la doctoresse se posèrent un instant sur le petit objet rectangulaire en métal gris.

— Qu'est-ce qu'il y a, dans cette clé ?

Johanne mentionna le message énigmatique qu'elle avait trouvé dans sa boîte mail un mois plus tôt, d'un expéditeur russe. Ce dernier prétendait l'avoir rencontrée à Moscou il y a deux ans et réclamait une entrevue. La documentariste n'avait pas donné suite.

Johanne baissa la voix et poursuivit en exposant à Rachida le contenu de la clé : des enregistrements audio de réunions, des documents volés, des images satellites de Zlato et de ses environs. Toute une série de preuves, à première vue solides, d'un ambitieux projet d'extraction minière.

Rachida fronça les sourcils et garda le silence, le temps de réfléchir à la portée de ses paroles.

— Je vois, reprit-elle. Quel rapport avec nous ?

— Le projet d'extraction se trouve en Antarctique, à côté de Zlato, précisa Johanne.

La doctoresse hocha la tête, regarda à son tour par la fenêtre en laissant échapper un long soupir.

— Quel merdier, proféra-t-elle. On est censés être loin de tout, et on marche sur un nid d'anguilles…

Elle massa ses pommettes d'un geste fatigué, dévisagea Johanne.

— Tu y crois ? Tu penses que c'est vrai ?

— C'est dur à dire. Je n'ai aucun moyen de vérifier… C'est pour ça que je viens t'en parler.

La doctoresse hocha la tête en se mordant les lèvres. La jeune femme décida de garder ses problèmes de fatigue auditive pour plus tard.

— À vrai dire, tu tombes bien. Je voulais moi aussi te parler de quelque chose.

Rachida ramena ses mains jointes en face de son visage. Sa parole d'habitude spontanée semblait se retenir, au bord d'un précipice.

— Dernière arrivée, première repartie, railla Apollinaire.

Johanne lui rendit son sourire d’un air absent.

— J’aurais aimé rester des vôtres jusqu’au bout.

— Tu vas rater le premier coucher de soleil, en plus.

Il regretta aussitôt sa remarque. L’aura de la jeune femme était grise comme l’orage sur le point d’éclater. Il aurait voulu la remercier devant les autres, pour sa prévenance à l’infirmerie, et surtout pour ce qu’elle lui avait suggéré ensuite, comme une graine déposée dans sa paume.

— Tu me raconteras.

Elle tourna son visage vers Oliver, Véra, Rachida, Yasser, Léa et Ludovic à côté d’eux ; puis vers l’hélicoptère désormais prêt à décoller, où l’attendait Albane.

Le jeune homme fut surpris par l'étreinte un peu brusque qu'elle lui offrit sans prévenir.

— Tiens-moi au courant des démarches, quand tu seras en France.

L'instant d'après, elle serrait brièvement dans ses bras les autres résidents. Apollinaire sentit fondre sur lui une tristesse sourde. Il jeta un regard à Oliver, qui n'en menait pas large.

Quand vint son tour, Johanne serra l'archéologue un peu plus longuement que les autres. Elle s'écarta après quelques secondes. Instinctivement, Oliver retint sa main. La documentariste se dégagea, attrapa son sac à ses pieds et tourna les talons.

Apollinaire sentit sa gorge se nouer tandis que les hélices prenaient de la vitesse. La dernière fois que cet hélicoptère s'était posé à Ubunto, c'était pour leur livrer le corps froid de Daniel. Johanne ne faisait que partir un peu plus tôt que tous les autres. Il s'imagina la revoir, une fois en France ; lui raconter à la terrasse d'un bistrot parisien l'évolution de ses visions, le diagnostic de cet expert qu'elle lui avait recommandé…

Ils ne se reverraient évidemment pas. Johanne serait sans cesse ailleurs, sur mille projets plus importants ; quel intérêt aurait-elle à maintenir le lien avec un post-adolescent ? À la froideur de leurs adieux, il n'était même pas sûr qu'elle cherche à revoir son amant. Oliver faisait malgré tout bonne figure, debout devant le préfabriqué. Son halo orange vif s'assombrit lentement, comme si quelqu'un venait d'y barbouiller une traînée de cendres.

Tout cela présageait de la suite : Apollinaire se jura de profiter de chaque instant qui lui restait ici, malgré la présence lourde des militaires, le deuil de Daniel omniprésent sur les visages, et les nouvelles préoccupantes d'effondrement sur le front est du glacier Uzuri, dont Hilde avait parlé la veille au soir. Le départ avancé de Johanne avait été expliqué à demi-mot : un sommet international fixé à la dernière minute, où il était question du devenir du Traité de l'Antarctique sur fond de crise géopolitique. Apollinaire doutait que ce genre d'événement brasse autre chose que du vent ; s'il y avait cela dit une personne pour faire entendre la voix de l'Antarctique, c'était bien Johanne.

Il suivit la courbe de l'hélicoptère dans le ciel et regarda l'engin devenir aussi petit qu'une mouche au bourdonnement ténu. Ses yeux revinrent à hauteur d'homme. La plupart des résidents étaient déjà rentrés, Oliver y compris.

Seule Léa attendait discrètement à ses côtés.

47

Johanne contempla les silhouettes d'Oliver, de Rachida et des autres Ubuntiens rapetisser jusqu'à l'insignifiance ; la tombe de Daniel toujours marquée par ses balises se fondre dans la blancheur neigeuse qui l'entourait. Elle eut le temps de voir ses compagnons faire volte-face pour regagner le réfectoire. Les quatre préfabriqués se détachèrent devant ses yeux dans leur ensemble, groupés sur cette presqu'île où elle avait vécu.

Du ciel, la base semblait marcher au-devant des eaux libres. La courbe de la baie, frangée par la banquise, apparut à son tour, puis la tache sombre du *White Out*. Son cœur se serra en distinguant le fond de carène dégagé. Comme l'avait un jour suggéré Oliver, il suffisait d'un peu d'imagination pour y voir les reliefs d'un livre ouvert.

L'hélicoptère obliqua vers l'est. Ils arriveraient à McMurdo d'ici trois ou quatre heures. De là, elle pourrait rejoindre Ushuaïa, puis la Chine.

La jeune femme sortit de sa poche l'objet que Hilde avait déposé dans sa paume au moment des adieux. C'était une fiole de quelques centimètres, remplie d'un liquide transparent. La documentariste tordit le cou, juste à temps pour saisir une dernière image du D-20. L'émotion la submergea. Elle appuya sa joue contre la vitre, fixa la banquise engourdie et les quelques icebergs qui dérivaient au large jusqu'à sentir ce paysage profondément aimé durablement enraciné dans sa poitrine.

S'il est vrai que l'amour condense et ralentit, la violence, elle, accélérait le pouls du monde. Elle se rappela avec vertige les confidences de Rachida et les bouleversements en cours dans la partie nord-est du continent. Depuis la veille, trois glaciologues japonais avaient fixé d'importants stocks de dynamite sur un glacier très surveillé et à haut risque d'effondrement. Si la zone en question s'écroulait, une réaction en chaîne déverserait en quelques mois suffisamment d'eau douce pour faire monter le niveau de la mer de soixante centimètres.

Johanne était restée abasourdie. Comment des glaciologues pouvaient-ils en venir à menacer de détruire un glacier ? Son trouble avait grandi en apprenant la suite : leur action utilisait la logique de la prise d'otage.

En guise de rançon, ils exigeaient le retrait de toutes les forces armées du continent. Ce n'était rien qu'une hypothèse ; pourtant, l'intuition que cette vidéo envoyée d'Ubunto avait nourri leur choix s'était peu à peu insinuée. Leur geste imitait à l'absurde un drame déjà en cours ; une destruction brutale, au lieu d'une lente agonie.

À la demande de la Chine, un sommet initialement prévu dans quelques mois à Shanghai avait été avancé à la semaine prochaine. Ces hommes ne *pouvaient pas* avoir suffisamment d'explosifs avec eux ; ils tentaient un coup d'éclat, jouaient avec l'incertitude du risque qu'ils faisaient courir… À moins d'être épaulés par un groupe militant : une ONG avait bien pris d'assaut une plateforme pétrolière en Arctique une décennie plus tôt. Malgré tout, l'incident avait déjà conduit quelques bases alentour à retirer une part de leurs effectifs militaires pour tenter de calmer le jeu.

— Qu'est-ce que tu veux en faire ? lui avait demandé Rachida, revenant à la clé USB. La détruire ? La divulguer ?

Leur discussion avait aidé Johanne à s'en convaincre : confronter la Russie dans un tel contexte, dévoiler publiquement leur entreprise minière risquait surtout d'accélérer le processus. Les autres grandes puissances étaient trop affairées en Arctique. Pour ne pas être en reste, d'autres pays feraient peut-être le choix d'imiter la Russie. Le Traité de l'Antarctique deviendrait rapidement une coquille vide, voire imploserait officiellement.

— Ton scénario est apocalyptique, avait résumé Rachida après un silence.

— Je dors dessus depuis deux jours.

La cheffe de mission avait tourné vers la fenêtre un regard las.

— Tu as peut-être raison. La vérité, je dois te dire, c'est que ça me dépasse. Je ne suis qu'un médecin. Et tu as l'air de mieux connaître tous ces rouages.

Une fenêtre météo pouvait permettre de la conduire à McMurdo le lendemain. Rachida lui avait proposé de se rendre au sommet de Shanghai pour y représenter la base, et y faire bon usage des documents sensibles qu'on lui avait confiés.

Johanne avait contemplé ses genoux, mal à l'aise. Le départ des équipes estivales d'Ubunto était prévu dans dix-huit jours. Elle avait repensé aux bras enveloppants d'Oliver, à la fragilité d'Apollinaire, au courage de Hilde et de Léa. Puis à l'âme de Daniel, qui arpentait toujours le glacier Uzuri, riant entre deux rafales.

Apollinaire se redressa, fourbu et frigorifié, pour regarder le ciel avec les autres. Depuis deux heures, l'atmosphère verdissait, les nuages s'enroulaient au soleil et se teignaient comme d'immenses bottes de paille. L'astre s'approchait chaque jour plus près de la limite de l'horizon, s'alanguissait quelques instants, puis reprenait son ascension.

L'épave du *White Out* reposait sur le flanc. L'écorce noire du bois absorbait les couleurs. Au large, quelques icebergs nés d'un effondrement récent du glacier Uzuri étaient cernés de glaces nouvelles, bien trop fragiles pour s'y aventurer.

Des craquements distants de bête qui se secoue et dégourdit ses membres s'élevaient de la banquise. Durant ces longs mois de recherche, il s'était habitué au silence entre l'épave et eux. Aux longues journées de fouille entrecoupées ici et là d'un artefact ou d'un indice, mais surtout de questions sans réponses. Les chuchotements de leurs outils, les mugissements du vent avaient rempli les heures.

Apollinaire savait qu'on comprendrait difficilement, en France, ce qu'il avait vécu. Il entrevit la moue dubitative de sa mère et de son beau-père quand il leur annoncerait qu'ils n'avaient découvert aucun trésor, mais simplement quelques ustensiles de cuisine, un dé, des semelles de chaussures, et ce poème dissimulé dans un stylo. Le plus grand des trésors restait indélogeable : après leur départ, la carcasse du *White Out* jusqu'alors conservée dans les glaces s'émietterait à chaque tempête et finirait par se dissoudre. Peut-être était-ce mieux ainsi. Peut-être fallait-il accepter de laisser partir certaines choses. L'équipe d'archéologues avait déjà extrait, photographié et étudié tout ce qui pouvait l'être.

Apollinaire soupira. Il savait que sa famille se demanderait aussi, et sûrement à voix haute, si financer de tels projets de fouille n'était pas de l'argent et du temps gaspillés. De leur vivant, les marins du *White Out* avaient dû subir également bien des réserves sur l'intérêt de leur expédition ; rien d'étonnant à ce que cela se perpétue.

Ses compagnons amorcèrent un mouvement pour remballer le matériel. Apollinaire se joignit à eux, pas mécontent d'aller se mettre au chaud.

Il repensa à sa conversation avec Johanne. Ce jour où il avait perdu tous ses moyens et pleuré devant elle, où il avait avoué ce qu'il voyait à demi-mot, Johanne l'avait conduit dans la foulée jusqu'à sa chambre. Apollinaire appréhendait de ressortir presque aussitôt dans le blizzard ; mais il l'avait suivie.

Elle l'avait fait asseoir à son bureau. La documentariste avait cherché un moment dans les archives de son disque dur, avant de lui glisser ses écouteurs dans les oreilles. Des voix russes, traduites au fil de l'eau par un doubleur, racontaient des visions improbables : l'une d'elles *voyait* la musique en couleur ; une autre décelait des teintes précises derrière chaque lettre de l'alphabet.

Johanne lui avait recopié sur un bout de papier le nom d'un neurologue français. Elle-même l'avait appelé deux ans plus tôt pour se renseigner sur ce phénomène, la *synesthésie*, en marge de son documentaire.

Johanne était partie et plusieurs jours étaient passés ; Apollinaire était toujours dubitatif. Tant qu'il était ici, en Antarctique, il ne pouvait qu'extrapoler mille hypothèses. Il ignorait la forme que prendraient ses visions à son retour. Tout cela, après tout, avait refait surface ici, après le long sommeil de son adolescence.

Mais il savait que de grandes vannes s'étaient ouvertes, et qu'il ne pourrait plus, de toute manière, se retenir d'imaginer.

Le soleil a rougi un coin de l’horizon : une note ténue d’abord, un vibrato gracile à travers le silence.

De jour en jour, la tache s’est propagée. Finalement, ce qui avait surgi comme une ponctuation discrète a coloré toute une moitié du monde.

Tout ce qui touche à une moitié du monde atteint tôt ou tard la seconde : bientôt le pourpre chaud, le violet nostalgique, l’orange vibrant et toutes les autres teintes du spectre ont revêtu les glaces de l’Antarctique.

À ces heures débordantes et glaciales, rouges de contradictions, la beauté commande aux vivants de s’enfuir ou de mourir sur place. Quand on connaît les aléas de l’existence, s’éteindre dans une dernière étreinte avec le monde présente ses avantages.

Les survivants de la beauté, ceux qui sont revenus de cette dissolution et qui ont résisté au désir de s’y perdre, n’auront de cesse le reste de leur vie de retrouver cette émotion. L'étreinte d'un être aimé leur rappellera l'intimité si forte qu'ils ont vécue avec le monde. Pour toujours, ils se sentiront incomplets, anxieux d'une disparition imminente. Faut-il les plaindre pour autant ?

Tout sur Terre est fragile : les humains et leurs sentiments ; les courants sous-marins si sensibles à la banquise et au soleil ; la forêt millénaire qu'une allumette embrase ; l'existence inconsciente de sa fin jusqu'à son dernier souffle.

L'art de noircir un point final n'est pas non plus une science exacte.

Considérez cette petite boule rouge qui teinte l'horizon de nuances. Considérez le ciel, la glace, l'étreinte du vent, le chant du monde dans vos oreilles, tant de couleurs que vos rétines perçoivent la profondeur de l'univers, son vide, sa densité. Considérez le ciel qui s'assombrit, les astres qui s'élèvent, la nuit polaire qui s'étend lourdement sur l'inlandsis. La fin de la lumière, et dans l'obscurité la permanence du vent et des tempêtes, des glaciers qui avancent, des icebergs qui se retournent. Voici une fin comme l'univers en a mille fois vécu : une courte hibernation de quelques mois.

Le retour du soleil est une tout autre histoire ; aussi certaine qu'imprévisible, aussi ténue qu'un anodin o minuscule à l'ouest de la page. Il est certains retours que nous devons longuement imaginer avec tout notre amour, pour les voir finalement apparaître.

47

Mein Herz,

Tu vas trouver cette lettre sous ton oreiller et je serai déjà partie – du moins, si je ne me défile pas quand viendra le moment d'ouvrir la porte de ta chambre.

Voici une réponse tardive à ton premier message : elle s'échappe d'une fissure, qui ne fait que grandir depuis que je te connais.

Nous vivons dans un monde étrange ; je t'écris avec le sentiment d'être assise sur un sac d'explosifs.

Depuis une semaine, je n'entends plus correctement. Peut-être t'en es-tu rendu compte ? Les graves sont étouffés, je dois lire quelquefois sur les lèvres. Il y a une coïncidence évidente avec le décès de Daniel. J'ignore si mes symptômes sont psychosomatiques ; mon départ avancé va au moins me permettre de faire des examens. Je ne peux pas imaginer ce que je deviendrais s'il m'arrivait de perdre l'audition. Je t'écris ces mots, et songe aux chants de l'Antarctique que le futur pourrait bien oublier. Peut-être sommes-nous en train de tous devenir sourds.

Quoi qu'il en soit, je dois te remercier à mon tour. Je n'ai jamais été douée avec l'amour. J'ai pourtant essayé. Ce que j'ai découvert ici et avec toi, j'ai beau parler sept langues, je ne trouve pas les mots.

Que les glaciers s'effondrent ou non, je voulais simplement te dire que j'aimerais te revoir – quand tu seras rentré, que j'aurai honoré ce qu'on me demande. J'aimerais savoir à quoi cela ressemble d'être avec toi sur un autre continent.

Il y a quelques jours, Apollinaire m'a confié un secret. C'est son histoire et je ne peux rien t'en dire, mais je sais que tu apprécies ce garçon autant que moi. Il m'est déjà arrivé de penser que, s'il n'était pas aussi âgé, nous pourrions l'adopter tous les deux ; cette idée m'a fait sourire. Il doit mener quelques démarches à son retour en France. Je crois que nous pouvons l'aider ; peut-être t'en dira-t-il plus d'ici là.

Du fehlst mir,

Johanne

Épilogue

Apollinaire appuya son visage contre la vitre crasse, fixa la végétation dense et luxuriante qui défilait en bord de route.

Les rires tonitruants qui s'élevaient des haut-parleurs renforçaient son état nauséeux. S'il s'était mis au fond du bus, l'écho de la radio aurait été plus supportable ; mais il aurait alors probablement vomi son petit-déjeuner dès les premières minutes de son voyage.

L'autocar s'arrêta pour laisser quelques passagers descendre aux abords d'un village. Le cimetière de Pamandzi était encore à plusieurs kilomètres. Apollinaire attrapa néanmoins son sac et descendit avec les autres. Un vieil homme cerné d'un halo orange pâle qui s'était installé quelques places devant lui descendait à présent la route principale, probablement vers sa maison. Apollinaire le dépassa, ainsi que le village et ses brassées de bougainvilliers secs. Chaque pas sur le sol ferme apaisait peu à peu la nausée.

Les quelques palmiers bas qui bordaient la route firent place à une végétation désordonnée. Des bosquets crépus, des fougères envahissantes, tissaient une frontière dense avec l'extérieur de la voie. Des souvenirs de cavalcades entre les branches et les racines, de jeux et d'écorchures sur une terre imbibée exhalaient du feuillage. Apollinaire poursuivit son chemin, dépassé par de rares voitures.

Il marcha une cinquantaine de minutes sur le chemin de terre craquelée qui longeait le bitume, lézardé lui aussi comme la banquise d'été austral, jusqu'à atteindre ce qu'il cherchait.

Un grillage écaillé entrouvert sur la route donnait à voir un chemin de gravier, les premières sépultures et des touffes d'herbes sèches de part et d'autre du terrain. Il avait atterri à Petite-Terre avant même le lever du soleil, et attrapé la première barge pour gagner l'île principale. La chaleur montait à présent.

Apollinaire consulta sur son téléphone les photos que lui avaient envoyées ses cousins pour l'aider à trouver la sépulture. Il avança de cinquante mètres, jusqu'à apercevoir le manguier rabougri. Le cimetière était mal entretenu, mais il s'était attendu à pire. Il obliqua en direction de l'arbre, vit la mer scintiller sur la rive. Depuis longtemps, l'eau avait avalé la plage. Elle encerclait maintenant les blocs de pierre les plus proches de la rive.

La marée était haute. On l'avait prévenu. Il avait même déjà vu les photos de ces inondations. Peut-être étaient-ce ces vagues graciles autour de la tombe de Dilma qui l'avaient convaincu de revenir sans plus attendre.

Comme beaucoup d'autres habitants vivant jadis en bord de mer, les défunts du cimetière de Pamandzi avaient pour ainsi dire les pieds dans l'eau. Plusieurs sépultures avaient été emportées au large lorsque la digue avait lâché, après le terrible cyclone de l'hiver précédent. Au dire de ses cousins, les municipalités peinaient déjà à relocaliser les villageois côtiers vers l'intérieur des terres ; autant dire que les morts n'étaient pas au sommet de la liste.

Apollinaire retira ses baskets et ses chaussettes, les posa sur le sol à côté de son sac, remonta le bas de son pantalon à mi-mollet. Il s'avança vers le bloc gris quelques mètres plus loin, dans l'ombre diffuse du manguier. Comme toutes les autres, la tombe de Dilma arborait un discret croissant de lune, juste au-dessus du nom et des dates qui avaient présidé sa vie. Sa tante n'avait pas eu d'enfants, mais une myriade de neveux. Et lui, qui ne l'avait jamais questionnée là-dessus, s'était contenté de cueillir cet amour déployé aussi longtemps qu'il s'était endormi à l'ombre de ses branches.

Il resta un moment devant la sépulture, les orteils chatouillés par le mouvement de l'eau. La mer ne dépassait pas ses chevilles, elle formait un voile fin, uniforme – qui se retirerait à marée basse. Il considéra l'idée qu'un iceberg d'Ubunto ait voyagé jusqu'à Mayotte sous sa forme liquide, au plus près de Dilma. La mer, après tout, n'était pas responsable de ces inondations. Les habitants du cimetière ne devaient pas non plus lui en vouloir.

Il s'approcha du bloc et s'assit un moment sur la tombe. Faillait-il ressentir quelque chose de spécial, s'acquitter de paroles solennelles en de telles circonstances ? Dilma, qui l'avait élevé jusqu'à son départ, était donc là-dessous. Lui disparu, jamais Apollinaire n'avait considéré la peine que sa tante avait dû ressentir et lui dissimuler, pour ne pas compliquer son départ. Bien sûr, il savait ce qu'il lui devait. Mais il avait pensé à elle suffisamment souvent au cours de ces dernières années, ressenti cet amour dans les moments de doute comme la charpente de son squelette, pour n'avoir rien à dire à ce bloc volcanique. Quand bien même Dilma partirait à la mer à la prochaine saison des pluies, une part de lui saurait encore où il pourrait la retrouver.

Il avait voyagé jusqu'ici, pourtant. C'était donc qu'il avait quelque chose à faire. Ce soir, il attraperait une nouvelle fois la barge pour Petite-Terre, prendrait le temps de rendre visite à ses divers cousins, de sillonner

Mayotte et ses souvenirs d'enfance. Peut-être essayerait-il de dessiner ; il avait pris sa palette d'aquarelle. Il fouilla dans la poche de son jean, en sortit le caillou qu'il conservait depuis trois ans – depuis son retour d'Antarctique.

Il s'agissait d'un des galets trouvés près de Zlato. Il le posa sur la tombe de sa tante, observa les deux pierres, massives et minuscules. Pris d'une inspiration, il revint à son sac posé sous le manguier. Il arracha une page du carnet de dessin qu'il avait apporté, y copia de mémoire le poème qu'il savait désormais par cœur :

Dans le monde a surgi un sentiment nouveau,
À travers le monde passe un puissant appel ;
Sur les ailes d'un vent favorable
Qu'il vole maintenant de lieu en lieu.

Sous le signe sacré de l'espoir
Se rassemblent des combattants de la paix,
Et c'est rapidement que la cause croît
Grâce au travail de ceux qui espèrent.

Apollinaire dévissa ensuite l'embout du stylo-bille entre ses doigts, ôta le fin réservoir d'encre et son ressort. Il dut s'y prendre à plusieurs fois pour rouler le papier suffisamment serré afin qu'il glisse à l'intérieur. Apollinaire revissa l'embout, observa un instant son travail, satisfait. Il revint à la tombe. Il posa le stylo à côté de la pierre, considéra l'option de l'ensevelir sous d'autres pierres des environs. Se ravisa. C'était très bien ainsi. Le stylo partirait à la prochaine tempête, à moins qu'un inconnu ne s'en saisisse.

Apollinaire se demanda ce qu'aurait dit Dilma s'il lui avait appris de son vivant qu'il était *synesthète*. Les jours suivant le diagnostic, il avait rappelé Johanne et Oliver, goûté le plaisir simple de mettre un mot sur ses visions. L'effet avait duré très peu de temps : quelque chose chez lui ne s'était jamais réellement satisfait de cette explication. Il fallait reconnaître que la synesthésie était commode pour expliquer à ses amis sa perception du monde sans passer pour un fou. Les gens étaient rarement à l'aise avec ce qu'on ne savait pas nommer ; désormais, son état suscitait au contraire plus de curiosité que de méfiance, et on lui demandait régulièrement de quelle couleur il percevait son entourage.

Les mots et les couleurs étaient comme des icebergs : infiniment plus denses que la surface offerte à la lumière du jour. Le monde, lui, était toujours aussi instable. Mais si l'Arctique était encore en crise sans avoir toutefois dégénéré en guerre ouverte ; si le Traité de l'Antarctique tenait, malgré les écarts de ses membres ; si les soldats là-bas avaient fini par repartir, c'était aussi grâce à la force et l'inertie de courants invisibles, dont il ne saisissait que les remous.

Le jeune homme attrapa son sac, calé entre les racines noueuses du vieil arbre. Ses pieds étaient encore humides et il marcha une cinquantaine de mètres à travers le chemin de terre battue, les orteils griffés par les herbes. Il remit ses chaussures aux abords de la route principale.

Aux artisans de la paix au pôle Sud,
Aux chercheurs du vide,
À l'Antarctique et à ses enfants bleus et verts
Par-delà les soixantièmes hurlants.

LEXIQUE POLAIRE

ᔭ	J, syllabaire inuktitut
ᐋ	A, syllabaire inuktitut
ᓯᑯ	Glace de mer, du terme inuktitut *siku*
Nunatak	Piton rocheux sur l'inlandsis, vocable inuktitut
White Out	De l'anglais « blanc dehors », brouillard opaque des régions polaires
Polar bug	De l'anglais « virus polaire », langueur de retourner aux pôles
Sastruga	Du russe *zastruga*, ondulation créée par le vent sur la glace
Krill	Du norvégien *kril*, crustacé minuscule des océans polaires
Inlandsis	En suédois, « glace de l'arrière-pays »
Uzuri	Du terme swahili, « beauté »
Ubunto	Humanité, du terme kinyarwanda et kirundi *ubuntu*

Remerciements

Merci à toi, lecteur, d'avoir voyagé jusqu'ici : *Tout le blanc du monde* est un roman sur l'Antarctique ; c'est également un tour du monde des sensibilités. Le poème retrouvé sur l'inlandsis est emprunté à Louis Lazare Zamenhof, inventeur de l'espéranto. Le titre de cet ouvrage est également tiré d'un poème d'Ana Blandiana, poétesse roumaine. Les œuvres de Werner Herzog, Édouard Glissant, Olga Tokarczuk, Shubhangi Swarup, Trinh Xuan Thuan, ont nourri avec d'autres l'imaginaire de ce récit.

Merci aux glaciologues Lydie Lescarmontier, Heidi Sevestre et Léo Déco de m'avoir donné à ressentir la beauté et les dangers de leur métier. Merci à la navigatrice polaire Marie Férec, au philosophe Olivier Remaud, au comédien Jean-Louis Johannides et à l'explorateur Mathieu Tordé pour avoir mis des mots, des émotions et des images sur la béance ouverte par-delà les cercles polaires.

Merci à la juriste Anne Choquet-Sauvin et au géographe Frédéric Lasserre pour leurs lumières sur le Traité de l'Antarctique. Merci également aux informaticiens Nicolas Gailly et Hugo Venturini pour avoir éclairé des scénarios de cyberguerres finalement écartés ; aux archéologues Anne Hoyau-Berry, Philippe Curdy et Nicolas Samuelian, pour m'avoir permis d'entrevoir les pratiques d'un chantier de fouille archéologique.

Merci à l'artiste polyglotte Araks Sahakyan pour ses anecdotes sur la pensée plurilingue ; au musicien Pali Meursault pour les coulisses du chant des glaces ; au médecin Florian Morel sans qui un massage cardiaque en plein vol aurait eu lieu ; au neuroscientifique Jean-Michel Hupé pour ses explications nuancées sur la synesthésie ; à Laetitia Thérond pour ses anecdotes sur le quotidien d'une base scientifique en terre australe ; aux documentaristes Camille Juzeau et Oriane Laromiguière pour m'avoir ouvert d'autres portes sur le pôle Sud.

À mes proches : merci à Brice Andlauer de m'avoir soutenue en toutes les occasions où ma plume oscillait entre le vide et la magie. À Corinne Gau-Tchekov, Michel Gau, Marina Gau, Maëlle Nagot, Bruno Decognitte et Dimitri Mauchien pour leurs relectures et la joie des premières discussions sur mes compagnons de papier. À Blaise Rosnay dont les premiers encouragements nourrissent encore d'éternels débuts, et à mon ami Flavien Appavou pour son fascinant rapport à la couleur.

Toute ma reconnaissance aux artisans du monde du livre qui ont permis à cette aventure littéraire d'aller jusqu'au bout du périple : au CNL pour son soutien précoce et essentiel ; à Marie Lannurien pour la persévérance ; et enfin à mon éditrice Juliette Ponce pour la confiance et les conseils qui ont permis de revenir de ce voyage, et de faire du voyage un roman.

pca
cmb
édition pré-presse
livres numériques

44400 Rezé

Pour plus d'information :

www.lisez.com

Imprimé sur du papier issu de forêts gérées durablement.

Cet ouvrage a été achevé d'imprimer en septembre 2024
dans les presses de Normandie Roto Impression s.a.s.
61250 Lonrai
Dépôt légal : octobre 2024
N° d'édition : 67713/01 - N° d'impression : 2404200

Imprimé en France